바닥을 때리고

바닥을 때리고

권혁일 장편소설

바닥을 때리고 7

작가의 말 219

1

"데리고 나와도 괜찮을까요? 제가 아이를 혼자 키우고 있어서요. 공만 쥐여주면 구석에서 혼자 잘 놀 거예요. 떼도 안 쓰고 순한 편인데, 혹시라도 말썽을 피우면 제가……."

인생 36개월 차인 아이는 엄마가 무슨 부탁을 하는지 알고 있다는 듯, 엄마의 손을 잡은 채 얌전히 서 있었다.

"저는 괜찮아요. 수강생도 용진희 씨 포함해서 총 두 분이라 큰 문제 없을 것 같은데. 나머지 한 분 오시면 제가 말씀드려볼게요. 어이구, 착해라. 이름이 뭐야?"

농구 코치 혜경이 쪼그려 앉아 아이와 눈높이를 맞추었다.

"대답해야지, 태율아."

진희의 입에서 이미 답이 나왔지만, 혜경은 태율의 대답을 가만히 기다렸다.

"김태율."

태율은 수줍은 목소리로 답하더니, 진희의 오른 다리에 몸을 바짝 붙였다.

"어른한테는 김태율입니다, 해야지. 다시 해봐."

진희가 태율의 엉덩이를 톡톡 두드려주었다.

"김태율⋯⋯ 인니다."

"어유, 착하네. 태율이, 농구 좋아해요? 쌤이랑 같이 농구 할까?"

태율이 진희의 손으로 반쯤 얼굴을 가린 채 고개를 끄덕였다. 혜경이 태율의 머리를 쓰다듬고는 공을 가지러 보관함 쪽으로 갔다.

진희는 체육관 내부를 둘러보았다. 한참 높은 천장과 코팅이 군데군데 벗겨진 나무 바닥, 바닥 위에 서로 다른 색으로 엉켜 있는 각종 라인 테이프들. 코트의 양쪽에는 농구 골대가 세워져 있었지만 구석에 놓인 풋살 골대나 배드민턴 네트 지주대 같은 것을 보니 수업 시간마다 다르게 사용되는 듯했다. 고등학교 졸업 이후로는 처음 보는 풍경이었다.

고등학교라. 한때는 그 시절이 현재일 때도, 속속들이 기억이 날 만큼 가까운 과거일 때도 있었다. 하지만 지금은 과연 실제로 존재했었나 싶을 만큼 아득했다. 체육복을 입고 열심히 뛰어다니던 열여덟 진희가 아이의 손을 잡은 서른여섯 엄마가 되었다. 시간이 언제 이렇게 흘렀을까. 진희는 멀리 떠나버린 과거의 자신을 쫓듯, 인조가죽으로 된 쿠션이 두툼히 덧대어진 체육관 출입문을 가만히 바라보았다.

그때 출입문이 천천히 열렸다. 오 분 전에 같은 문을 열고 들어왔던 진희는 그 문이 얼마나 묵직했는지를 다시 한번 떠올렸다. 도어 실린더가 삐걱대는 소리와 함께 한 여자가 모습을 드러냈다. 여자는 내부를 힐끗 살피더니 코트를 가로지르며 주뼛주뼛 걸어왔다.

"어?"

진희는 여자의 얼굴을 알고 있었다. 그 여자도 진희를

발견하고는 같은 반응을 보였다. 아는 사람인데, 분명히 아는데. 둘은 각자 머릿속으로 상대의 얼굴에 알맞은 이름을 떠올리기 위해 노력했다.

"예리, 맞지?"

양손에 공을 들고 온 혜경이 여자를 보고는 반가운 표정을 지었다. 여자는 혜경을 향해 고개를 꾸벅 숙였다.

"수강 명단 보고 혹시나 했거든. 성도 똑같고 나이도 얼추 맞는 것 같아서. 반갑다, 예리야. 이게 얼마 만이야, 진짜."

혜경은 공을 내려놓고 예리를 꼭 안았다. 예리는 잠시 어정쩡한 자세로 굳어 있었으나, 토닥토닥 등을 두드려주는 손길에 곧 자연스레 두 팔을 혜경의 허리에 감았다. 긴장이 서렸던 표정도 조금씩 누그러졌다.

두 사람의 포옹이 끝나자 옆에 서 있던 진희가 예리를 향해 조심스레 말을 건넸다.

"저, 에브리마트…… 맞으시죠?"

"뭐야, 예리 너 용진희 씨랑 아는 사이야?"

"아, 네. 제가 아르바이트하는 데서 같이 일하시는 언니 같은데……. 맞죠?"

예리의 얼굴이 살짝 붉어졌다.

"네, 분명 아는 얼굴인데 이름이 생각 안 나서 긴가민가 하고 있었거든요. 여기서 이렇게 뵙네요."

진희가 짝 하고 손뼉을 쳤다. 예리가 근무를 시작한 지 얼마 되지 않은 데다가 아르바이트생들은 출근 후에 휴식 없이 네 시간을 내리 일하고 퇴근했기에 특별히 이야기를 나눌 기회도 없었다. 그럼에도 진희가 예리를 기억하는 건, 지나가는 매대마다 한 치의 오차도 없이 칼각을 맞추는 예리의 놀라운 정리 솜씨 때문이었다.

"엄마."

태율은 엄마가 다른 사람과 세 마디 이상 나누는 것을 견디지 못했다.

"응? 쉬야 하고 싶어?"

"아니, 나 공."

"태율이 농구 진짜 좋아하나 보다. 자, 여기."

혜경이 진희 대신 태율에게 공을 건네주었다. 성인용 농구공은 태율의 몸보다 더 커 보였다. 태율은 양팔을 한 아름 펼쳐 공을 받아 들었다.

"세상 좁네, 좁아. 피차 아는 사이라니까 잘됐네요. 예리야, 진희 씨가 사정상 여기 태율이랑 좀 같이 나오려고 하셔. 쌤이 보니까 애가 아주 착해. 같이 나와도 괜찮을까?"

"네, 그럼요. 너무 귀엽네요."

예리는 혜경이 얘기를 꺼내기 전부터 태율에게 시선을 빼앗겨 있었다.

"죄송해요, 예리 씨. 제가 아이를 혼자 봐야 해서……. 방해되지 않도록 조심할게요."

진희가 예리에게 연신 고개를 숙였다.

"아, 아니에요! 저 애기 완전 좋아해요. 이름이 태율이야? 태율이 몇 살이야?"

예리의 물음에 태율이 손가락 네 개를 펴 보였다. 손을 뻗느라 품에 안고 있던 공이 떨어져 통통 굴렀다.

"어이구, 태율이 네 살이에요?"

예리가 떨어진 공을 주워 건넸다.

"태율아, 누나한테 고맙습니다, 해야지."

진희는 곧장 뛰어가려는 태율을 불러 세웠다. 태율은 배꼽인사를 하느라 공을 또 떨어뜨렸고, 이번에도 예리가 공을 주워주었다. 다시 공을 받아 든 태율이 배시시 웃고는 골대 쪽으로 뛰어갔다. 농구 골대는 너무 높았는지 풋살 골대에 공을 던지며 놀았다.

"오케이, 그럼 슬슬 수업 시작해볼까요? 우선 스트레칭부터."

혜경의 손뼉 소리가 체육관에 짝짝 울렸다.

구민 체육 센터에서 신설한 여성 농구 수업은 일요일 저녁 여섯 시에 진행되는 탓에 수강생이 진희와 예리, 고작 둘뿐이었다.

스트레칭을 마친 후에는 혜경의 호각 소리에 맞춰 워밍업이 시작되었다. 최근에 운동이라고는 쏘다니는 태율을 잡으러 뛰어다닌 게 전부였던 진희는 금세 숨이 찼다. 예리가 코트 왕복달리기 세 번을 완주하는 동안 진희는 겨우 두 번을 돌았다. 얼굴이 후끈 달아오르고 등에서는 땀이 흘렀다. 마지막 바퀴를 돌고 나서는 두 손을 무릎에 얹고 거친 숨을 내쉬었다. 서 있는 동안 다리 힘이 툭툭 풀렸다.

"진희 씨, 평소에 운동 하나도 안 하셨구나? 이렇게 체력이 부족해서 어떡해."

혜경이 장난스레 진희의 어깨를 두드렸다.

"아, 쌤……. 잠깐만, 십 초만 쉴게요."

"벌써 쉬는 게 어딨어. 자, 이제 공 하나씩 드시고. 얼른."

진희는 숨을 간신히 삼키며 농구공을 잡았다. 공 표면에 돋은 돌기가 손바닥에 닿자, 체육관의 공기보다 더 오래된 기억이 떠올랐다. 그건 그 시절을 떠올릴 수 있는 유일한 증거이기도 했다.

진희가 지금의 태율만 했을 때, 주말마다 아빠의 손을 잡고 집 앞 공원으로 나섰다. 노인들이 정자에서 두런두런 이야기를 나누고, 산책하던 이들이 잠시 허리를 풀고 가는 작은 공원이었다. 한편에는 반절짜리 농구코트가 있었는데 이용하는 사람이 거의 없었다. 바닥에는 먼지가 수북하고 골대 그물은 반쯤 찢겨 있었지만, 진희 부녀는 그 코트에 들어설 때마다 에너지가 솟았다.

"진희야, 공!"

아빠가 바닥에 낮게 던져준 공을 진희가 와락 안았다. 인형을 안을 때보다 더 신난 표정이었다. 그때 찍은 필름 사진은 아직도 아빠 집 선반에 놓여 있었다.

"진희야, 바닥에 이렇게, 이렇게. 옳지, 잘한다! 우리 진희, 커서 농구선수 할까?"

남들이 보기엔 그저 몸집만 한 공을 잡았다 놓쳤다 하는 것뿐이었을 테지만, 아빠에게만큼은 농구 신동의 드리블로 보였다.

"슛 한번 해보자. 골대로 던지면 돼. 위로, 응? 위로!"

진희가 공을 쥐고 풀썩 앉았다가 벌떡 일어서며 공을 하늘 위로 던졌다. 20센티미터쯤 떠올랐을까, 그 공은 다시 진희의 머리 위로 떨어졌다. 공에 맞은 진희가 그 자리에서 콩 하고 엉덩방아를 찧었다. 아빠는 곧장 진희를 안아 들었다.

"괜찮아. 안 아파요, 우리 딸. 괜찮지? 우루루루루."

아빠는 진희를 좌우로 흔들며 바이킹을 태웠다. 그러면 눈시울이 붉어졌던 진희가 금세 방긋방긋 웃었다.

진희는 한쪽 구석에서 농구공을 가지고 노는 태율을 바라보았다. 자신의 아이에게도 오늘이 먼 훗날 떠올릴 기억이 될 수 있을까. 이제는 농구공을 한 손에 올려놓을 수 있을 만큼 어른이 됐건만, 아직도 무언가에 얻어맞고 주저앉게 되는 날이 많았다.

"바닥에 힘껏 내리치는 거예요, 최대한 세게. 아무리 내리쳐도 바닥 안 부서져요."

혜경이 시범을 보였다. 발바닥에서 진동이 느껴질 만큼 공이 세차게 코트를 때렸다.

"보셨죠? 이걸 파운드 드리블이라고 해요. 한 손당 스무 번씩. 자, 시작!"

진희는 손에 든 농구공을 바라보다가 바닥에 힘껏 내리쳤다. 분명히 똑바로 내리쳤는데 공은 저 앞으로 튕겨 나갔다.

"어머! 이게 왜 이래?"

진희는 공을 잡으러 하프라인까지 뛰어갔다. 공을 줍고 원위치까지 뛰어오느라 기껏 가라앉힌 숨이 다시 가득 차올랐다.

"진희 씨, 서보세요. 자, 이렇게 하는 거예요."

혜경이 진희 옆에 붙어 자세를 하나하나 잡아주었다. 제자리에서 공을 튀기는 것뿐인데도 달리기할 때만큼이나 땀이 줄줄 흐르고 숨이 찼다. 스무 번을 연속으로 튀기자 팔이 뻐근해질 지경이었다.

"손 바꿔서!"

왼손은 오른손의 반만큼도 안 됐다. 진희는 스무 번을 튀기는 동안 열세 번이나 공을 주우러 다녀야 했다.

일 분 휴식이라는 말이 떨어지자마자 진희는 바닥에 퍼질러 앉아 번갈아 가며 양팔을 주물렀다.

"엄마, 빨리 해."

태율이 다가오더니 자기 공을 건네주었다.

"태율아, 엄마 좀만 쉬자. 엄마 팔 아파."

진희는 태율 앞으로 팔을 내밀어 보였다. 태율이 잠시 내려다보다가 조그마한 손으로 팔을 주무르기 시작했다. 주무른다기에는 꼬집는 것 같고, 꼬집는다기에는 온 정성이 실려 있었다.

"엄마."

"응?"

"아프지 마."

태율의 말에 진희가 태율을 끌어당겨 엉덩이를 두드렸다.

진희가 농구를 시작한 건 튼튼해지고 싶다는 마음에서였다. 혼자서는 제 몸도 뒤집지 못하던 태율이 이제는 지치지도 않고 뛰어다닌다. 엄마 팔이 아프다는 말에 온 힘을 다해 주물러준다. 쑥쑥 크는 태율을 지키기 위해서는 지금보다 두 배, 세 배는 더 튼튼해져야 한다. 겨우 팔 좀 아프다고 이렇게 주저앉아서는 안 된다.

"태율이 덕분에 엄마 이제 다 나았어. 안 아파."

진희는 힘든 기색을 거두고 태율의 공을 받아 들었다.

"엄마 봐봐. 잘하지?"

진희가 다시 바닥에 공을 팡팡 튀겼다. 공이 옆으로 빠지지 않도록 손에 힘을 잔뜩 실었다.

"몰라."

태율이 와다다다 코트 반대편으로 뛰어갔다. 진희는 그 앙증맞은 뒷모습을 바라보며 공을 더욱 강하게 튀겼다.

'엄마가 태율이 꼭 행복하게 해줄게. 맨날 맨날 재밌게 해줄게.'

진희의 두피에 맺힌 땀방울이 이마를 타고 코트 바닥에 똑똑 떨어졌다.

*

진희의 차가 빨간불에 멈춰 섰다. 진희는 룸미러로 태

율을 확인했다. 코트를 들쑤시고 다니느라 힘들었는지, 차에 탄 지 얼마 지나지 않아 곤히 잠들었다. 오랜만의 운동에 진희도 온몸이 노곤했다. 눈두덩이 무겁게 느껴져 졸음 방지 껌을 하나 꺼내 씹었다. 코가 매울 만큼 강한 박하 향이 퍼졌다.

집에 도착하면 해야 할 일을 머릿속에 그려보았다. 태율을 씻기고 머리를 말려주고 저녁밥을 차리고……. 오늘은 조금만 놀다가 꿈나라로 가주면 참 고마울 것 같은데. 진희는 그 모든 것을 끝내고 나면 오랜만에 욕조에 몸이라도 담글까 싶었다.

중학생쯤으로 보이는 아이 셋이 책가방을 들썩거리며 횡단보도 위를 달렸다. 일요일 저녁인데 책가방이라니. 학원이라도 다녀오는 건가. 요즘 애들은 나 어릴 때보다 더 바쁘구나. 진희는 다시 힐끗 태율을 바라보았다. 우리 태율이는 언제 저만큼 크나, 생각하다가 곧 고개를 저었다.

'좀만 더 천천히 커줘.'

이랬으면 싶다가도 저랬으면 싶고. 아이를 바라보는 마음은 늘 그랬다. 남들도 다 그럴까. 아빠도 나를 키우면서 그랬을까.

태율은 진희의 행복인 동시에 불안이었다. 너무 예쁜 수정 구슬을 얻었는데 눈 깜빡하면 어디론가 굴러가버리거나 와장창 깨질 것 같은 기분. 타임머신이 있다면 30년 후로 가서 태율이가 건강히 컸는지만이라도 보고 오고 싶은데. 갑작스레 심란해진 마음에 진희는 흐응 콧김을 뿜었다. 박하 향 때문에 콧구멍이 화했다.

초록불이 켜졌다. 중학생 무리는 시야에서 사라진 지 오래였다. 액셀을 밟아 차가 나아가기 시작했을 때, 핸드폰 벨 소리가 울렸다. 진희는 차량 화면에 표시된 이름을 보고 곧장 인상을 구겼다.

"왜."

"뭔 전화를 그렇게 받아. 내일 태율이 언제까지 데리러 가면 되나 해서."

전남편 재성이었다. 진희는 최대한 목소리를 낮춰 신경질을 냈다.

"내가 데려다준다고 했잖아. 까먹었어?"

"내일 연차도 냈으니까 내가 데리러 가는 게 낫지 않나? 너 출근하기도 바쁘잖아."

"됐어. 내 일에 신경 꺼. 아홉 시까지 데려다줄 테니까 끊어."

　진희는 재성의 대답을 듣지도 않고 통화 종료 버튼을 연타했다. 그래도 부족했는지 핸드폰을 충전 케이블에서 뽑아 전원까지 꺼버렸다. 룸미러로 태율의 얼굴을 살폈다. 다행히 아직 자고 있었다. 액셀을 지그시 밟아 속도를 올렸다. 진희는 오늘 밤 일정에 맥주 서너 캔을 추가해야겠다고 생각했다.

2

"보니까 아직 감이 남아 있던데. 농구는 계속 한 거야?"

"중간중간 조금씩요. 최근 3, 4년은 거의 못 했어요."

수업이 끝나고 예리는 체육관에 남아 혜경과 근황을 주고받았다.

"그런 것치고는 훌륭하다, 야. 네가 여기서 수업 들었던 게 10년 전쯤이지?"

"중학교 2학년 때였으니까 11년 됐네요."

"시간 진짜 빠르다. 예리 너 완전 이만했었는데."

혜경이 자기 명치쯤을 가리켰다.

"그쵸. 고등학생 때 조금 크긴 했는데, 아직도 쌤보다는 작네요."

"야, 나는 그래도 농구선수였잖아. 선수로 치면 뭐 큰 편도 아니지만."

"쌤은 완전 그대로인 것 같아요. 여기 체육관도."

예리의 눈에 혜경은 11년 전과 비교해서 크게 달라지지 않았다. 173센티미터의 큰 키와 그에 걸맞게 큼직한 손발. 얼핏 보면 조금 말랐나 싶지만 가까이서 보면 근육이 탄탄했다. 적당히 넓은 어깨와 긴 다리 덕분에 운동복도 잘 어울렸다. 굳이 밝히지 않아도 운동선수 출신이라고 쉽게 짐작할 수 있는 외모였다.

혜경이 허리와 어깨를 두드리며 말했다.

"뭘 그대로야, 이제 서른아홉이다. 너만 늙었냐? 나는 더 늙었어. 여기저기 아주 삐걱대서 죽겠어."

예리는 11년 전에 이곳에서 아무런 걱정 없이 뛰어놀던 자신과 지금의 자신이 얼마나 달라졌는지를 가늠해보았다. 무엇이 어떻게 달라졌는지 꼽을 수 없을 만큼 모든 면에서 달라져버렸다.

"그럼 아르바이트하면서 취업 준비하는 거야?"

"네, 맞아요."

"요즘 취업하기도 힘들다던데 아르바이트까지 하고, 고생이 많네."

"저만 그런 것도 아닌데요, 뭘."

혜경의 말에 예리가 애써 웃어 보였다.

"어느 쪽으로 준비하는 거야? 예리 너 중학생 때는 체대 간다고 했었잖아. 운동도 곧잘 하길래 진짜 체대 갔나 싶었는데."

"컴퓨터공학 전공했어요. AI 개발자 쪽으로 준비 중이고요."

컴퓨터공학, 개발자. 예리는 그 단어를 입 밖으로 낼 때면 목소리가 작아지곤 했다. 무려 4년 동안 전공했고 1년 넘게 그쪽으로 취업 준비를 하고 있는데, 아무리 익숙해지려고 해도 자기 것 같지 않은 느낌이었다.

"챗지피티인가, 그런 거 만드는 건가? 듣고 보니 그것도 잘 어울린다, 야. 나한테 농구 배울 때도 똘망똘망하니 잘 따라 했잖아."

"에이, 뭘요."

그때의 자신도 낯설게 느껴지기는 마찬가지였다.

재수 끝에 대학에 입학했을 때, 이제 다음 단계는 회사원이 되는 거라고 생각했다. 재수 학원을 거쳐 대학에 왔듯이 대학을 거쳐 회사로 들어가게 될 거라고. 그때는 아무런 의심도 없이, 가을 다음에 겨울이 오는 것처럼 어느 날 눈을 뜨면 대학생에서 회사원이 되어 있을 거라고 믿었다.

동기들 중 일부는 창업을 하거나 대학원에 들어갔지만 대부분은 사원증을 목에 걸었다. 예리는 그제야 깨달았다. 사원증도 메달처럼 결승선을 통과해야만 받을 수 있다는 것을.

출발점과 결승선 사이에 서 있는 사람에게는 아무것도 주어지지 않았다. 예리도 남들처럼 결승선을 향해 뛰려고 했다. 하지만 걷는 데도 속도가 붙지 않았다. 어떤 날에는 그 까슬까슬한 육상 트랙 위를 맨살로 기어가는 것 같기도 했다.

'어쩌다 이렇게 됐지. 언제부터.'

예리는 혜경과 인사를 나누고 출입문으로 향했다. 기다란 손잡이를 잡고, 문에 붙은 인조가죽 쿠션을 어깨로 밀었다. 끼익 하고 묵직한 문이 열리며 복도의 공기가 얼굴에 닿았다. 이 레이스의 출발점은 바로 여기였다는 생각이 들었다. 11년 전 이 문을 열고 나섰을 때, 그때부터 시작된 길이 지금까지 이어지고 있었다.

*

버스에서 내린 예리는 하늘을 올려다보고는 핸드폰 화면의 시계를 확인했다. 얼마 전까지만 해도 깜깜했을 시간인데 하늘은 이제야 조금씩 빛을 거둬들이고 있었다.

화면 위에 새로 온 메시지 알림이 떴다.

―이십 분 후면 도착해.

엄마였다.

―어디를?

예리는 몇 줄 위로 말풍선을 올리고 나서야 지난주에 잡았던 약속을 기억해냈다. 풍경에 대한 감상은 당장 집어치워야 했다. 예리는 크로스 백의 어깨끈을 조이고는 자취방을 향해 냅다 달렸다.

자취방에 도착하자마자 벽면 행거에 걸어두었던 마트 유니폼을 빨래 통에 쑤셔 넣었다. 그리고 화장실로 뛰어가 물이 따뜻해지기도 전에 샤워기 아래에 머리를 넣고 허겁지겁 씻었다. 씻고 나서는 수건으로 머리를 틀어 올리고, 바닥에 널린 머리카락이며 책상에 널브러진 화장품 같은 것들을 속성으로 치웠다. 뒤늦게 환기라도 하려고 창문을 열었을 때, 초인종이 울렸다.

엄마는 집 안으로 들어서면서부터 잔소리를 늘어놓았다.

"신발장도 정리를 잘해야지. 이 공은 왜 여기 있니? 거추장스럽게. 냉장고 안도 가끔 청소해야 한다고 말했지? 음식 안 해 먹고 맨날 시켜 먹나 보네. 돈이 썩어난다, 썩어나. 죄다 가공식품에 음료수에……. 어휴."

"아, 됐어. 내가 알아서 해."

"알아서 하기는. 식탁이나 좀 펴봐. 반찬 싸 온 거 있으니까 그거랑 대충 해서 먹자. 밥은 있지? 어머, 사십육 시간? 밥 썩겠다, 썩겠어."

"안 썩어. 칠십 시간 넘어도 멀쩡하기만 하더라."

"칠십 시간을 뒀어? 밥솥은 한번 할 때 적당히 먹을 만큼만 해서 비워야지. 끽해야 쌀 넣고 물 넣고 버튼 누르는 건데 그게 어렵디? 어려워?"

"아, 몰라. 햇반 먹어 그냥."

예리는 전자레인지에 즉석밥 두 개를 넣어두고 조그마한 좌식 테이블을 펼쳤다. 엄마가 가져온 반찬 몇 가지를 올리니 테이블이 금세 가득 찼다. 밥 먹는 동안이라도 잔소리를 피하고 싶어 책상에 둔 노트북을 바닥으로 내려 엄마가 좋아할 만한 드라마를 틀었다. 밥 먹는데 뭘 이런 걸 틀어두냐고 잔소리하던 엄마는 결국 얼마 지나지 않아 여기까지는 봤으니까 다음 회차를 틀라고 했다. 예리는 이야기가 다른 쪽으로 새지 않도록 궁금하지도 않은 내용을 물었다. 쟤가 나쁜 애라고? 아니, 아까 걔는 누구 아들인데?

하지만 엄마가 커피까지 마시고 간다는 바람에, 끝내 피하고 싶던 질문을 받아야만 했다.

"회사 생활은 잘하고 있지?"

"뭐, 그냥 다니는 거지."

예리는 괜히 물티슈를 뽑아 평소에 신경도 쓰지 않던 서랍 손잡이를 닦았다.

"그냥 다니지 말고 잘 다녀야지. 좋은 직장 때려치지 말고 진득하게. 알았니?"

"알아서 해. 내가 애야?"

"방 꼬라지를 보니 아직 한참 애다. 회사에서 못살게 구는 사람은 없고?"

"없어. 다 잘해줘."

예리의 머릿속에 순간 진희의 얼굴이 스쳤다.

"그래야지. 너도 선배들한테 잘하고. 신입 때부터 잘 보여야 진급도 하지."

"알았어, 알았다고요. 안 가? 벌써 아홉 시야."

"엄마를 아주 쫓아내라. 나도 지저분한 방구석에 더는 못 있겠다. 너는 얼마나 바쁘다고 이 조막만 한 방구석을……."

엄마는 남은 커피를 들이켜고는 자리에서 일어나 방을 훑었다. 엄마 말대로 조막만 한 원룸이라 오랜 시간이 걸리지는 않았다.

"빨래는 제때 해?"

엄마가 빨래 통을 열려고 하자 예리도 벌떡 일어나 엄마 앞을 가로막았다.

"아, 그만! 알아서 한다고. 빨리 가. 안 바빠?"

엄마를 배웅하고 자취방에 돌아온 예리는 싱크대를 잡고 서서 크게 한숨을 쉬었다. 긴장이 풀리면서 심장이 두

근거렸다. 엄마가 왔다 가는 날이면 늘 이렇게 불안감이 몰려왔다. 다니지도 않는 회사 얘기로 엄마를 속이고 있다는 죄책감은 크지 않았지만, 그 거짓말은 예리 자신이 얼마나 뒤처져 있는지를 생생하게 상기해주었다.

처음 거짓말을 했을 때는 몇 달이면 끝날 것이라 생각했다. 진짜 회사에 입사해서 진실로 만들면 그만이었다. 하지만 몇 달이 1년이 되었고, 이제는 1년 반이 되어가면서 불안의 무게는 감당하기 어려울 만큼 커졌다.

예리는 고무장갑을 끼고 설거지하기 시작했다. 그릇이 많지 않아 금세 마쳤지만 이미 뽀득뽀득 소리가 나는 그릇을 한 번 더, 또 한 번 더 닦았다. 다섯, 여섯, 일곱, 여덟……. 귓가에, 피부에, 머릿속에 들러붙은 불안이 완전히 떨어져 나갈 때까지. 열여섯, 열일곱, 열여덟, 열아홉……. 모든 생각이 뒤엉켜 경계가 무너질 때까지.

예리는 큰 스트레스를 받거나 불안을 느낄 때면 똑같은 행동을 수십 번, 수백 번 반복하곤 했다. 그래야만 진정할 수 있었다. 병원에 가본 적은 없지만 이런저런 자료를 뒤져보고는 자신이 강박장애 증상인 것 같다는 결론을 내렸다.

첫 시작은 열아홉 살이었다. 그때부터 시작된 강박 증상은 스물여섯이 될 때까지 예리를 괴롭혔는데, 최근 들어 더 심해지고 있었다. 처음에는 참아보려고도 했다. 하지만 참을수록 불안감은 점점 더 커졌다. 심지어 당장 숨이 멎을 것 같은 호흡곤란 증상까지 나타났다. 그럴 때면 결국 강박이 잦아들 때까지 같은 행동을 반복하는 수밖에 없었다.

이날 저녁에도 예리는 마흔아홉 번의 설거지를 마치고 나서야 고무장갑을 벗을 수 있었다. 그릇을 닦아대느라 목과 어깨가 뻐근했다. 예리는 빨래 통을 열어 세탁물을 세탁기에 전부 털어넣고 작동 버튼을 눌렀다. 분위기에 어울리지 않는 경쾌한 작동음이 울렸다. 냉장고에서 생수를 꺼내 컵에 따르고 벌컥벌컥 삼켰다. 목구멍이 잠깐 시원했지만 갈증은 가시지 않는 느낌이었다.

예리는 컵을 들고 책상에 앉았다. 노트북을 깨워 미완의 자기소개서 파일을 열었다. 지원 마감이 사흘밖에 남지 않았지만, 화면에는 까만 글씨보다 흰 여백이 더 많았다. 다음 문장은 어떻게 채워야 할지 도통 손이 움직이질 않았다. 관자놀이가 묵직하고 속이 매슥거렸다.

결국 노트북을 닫고 두 걸음을 걸어 침대에 벌렁 누웠다. 천장을 보니 형광등 빛이 녹아서 흘러내릴 것만 같았다. 예리는 오른팔을 이마에 대고 눈을 감았다. 금방 잠이 올 것 같지는 않았다.

'아까 커피 말고 물이나 마실걸.'

눈을 감아도 불빛 때문에 눈이 부셨지만 몸을 일으키고 싶지는 않았다. 예리는 몸을 옆으로 돌리고 이불을 얼굴까지 덮었다.

3

"이따 시간 맞춰서 데리러 올 거니까 일 분도 늦지 마."

진희가 미간을 잔뜩 찌푸린 채 재성에게 말했다.

"알았어. 내가 무슨 맨날 약속 안 지키는 줄 알겠다. 그렇지, 태율아?"

재성이 태율을 품에 안고 위아래로 가볍게 흔들었다. 그는 불리한 상황에 처할 때면 괜히 태율에게 말을 걸곤 했다.

"태율아, 엄마 이따 금방 올게. 잘 놀고 있어, 알았지?"

진희는 재성의 몸에 닿지 않도록 조심스럽게 팔을 뻗

어 태율의 앞머리를 쓸어 넘겼다. 뽀얀 이마가 드러나 입을 맞추지 않을 수 없었다.

"응, 빠빠."

작별 인사를 나누고 나면 영 발이 떨어지질 않았다. 점점 멀어지는 태율의 뒷모습을 바라보는 건 몇 번을 해도 견디기 힘든 일이었다.

한 달에 두 번 있는 재성과의 만남은 진희에게 고통 그 자체였다. 태율이 재성과 단둘이 있다고 생각하면 치가 떨렸다. 24개월도 되지 않은 아기를 두고 바람을 피운 인간한테 도대체 무슨 자격이 있다고. 할 수만 있다면 태율의 인생에서 아빠라는 존재를 영영 지워버리고 싶었.

진희는 태율을 태운 재성의 차가 시야에서 완전히 사라지고 나서야 발걸음을 뗐다. 이때부터는 시간이 죽어라 흐르지 않았다. 오 분은 지났겠지 싶어 핸드폰을 열어보면 겨우 일 분이 지나 있었다.

원한다면 동행을 할 수도 있었다. 요즘 들어 재성은 민날 때마다 셋이 함께 시간을 보내는 게 어떻겠냐고 물었다. 하지만 진희는 한사코 거절했다. 같이 갔다가는 삼십 분도 버티지 못하고 태율이 보는 앞에서 재성에게 나쁜 말을 잔뜩 쏟아낼 것 같았다. 그런 모습은 태율에게 상처가 될 게 뻔했다. 진희는 매번 이를 꽉 물고 둘을 보내주었다.

태율을 보내고 나면 일단 차에 앉아 눈을 감았다. 당장은 시동을 걸고 차를 몰 정신이 아니었다. 재성이 아니라 태율을 위한 일이라고 끊임없이 자기최면을 걸면서 분노를 삭였다. 물론 그 과정이 명상처럼 얌전히 이루어지지는 않았다. 누가 보면 납치라도 당했다고 생각할 만큼 운전석에서 상하좌우로 몸부림을 쳤다.

조금 진정이 되고 나면 진희는 차에서 내려 바깥바람을 쐬었다. 몸부림치느라 헝클어진 머리를 정리하고, 남아 있는 분노를 마저 배출하기 위해 심호흡을 했다. 그러고 나서 핸드폰을 열어보면 겨우 십 분 남짓 지나 있었다.

'오늘은 또 뭘 하면서 버티지.'

진희는 주차장 주변을 돌아보았다. 왼편에는 빌라와 작은 가게들이, 오른편에는 큰 사옥이 하나 들어서 있었다. 출근 시간이 지나서인지 주차장과 접해 있는 왕복 이차선도로는 한적했다. 도로 건너편에는 작은 공원이 있었는데, 나무 사이로 어렴풋이 농구 골대가 보였다. 어렸을 때 아빠와 자주 갔던 공원의 모습과 비슷했다.

그래서였을까. 문득 진희의 머릿속에 아빠의 얼굴이 떠올랐다. 어제 오랜만에 만져본 농구공의 촉감 때문이었을지도 모른다. 아빠를 마지막으로 본 지도 벌써 두 달이 되어갔다.

진희는 아빠에게 전화를 걸었다. 신호를 열 번만 기다리기로 했다. 뚜르르, 뚜르르, 뚜르르……. 아빠의 목소리가 들리길 바라는 동시에 지금은 전화를 받을 수 없다는 안내음이 나오기를 바랐다.

신호가 여덟 번이 울리고 아빠는 전화를 받았다.

"응, 딸."

벨 소리가 울리는 동안 어떻게 하면 자연스럽게 받을지 연습한 것 같은 말투였다.

"아, 잘 지내셨죠? 뭐 하고 계세요?"

"그냥 집에 있지, 뭐."

"저기, 아직 식사 안 하셨으면……."

진희의 목소리도 부자연스럽기는 매한가지였다.

진희는 아빠 집 근처에 있는 중국집에서 오랜만에 아

빠를 마주했다. 지난번에 만났을 때보다 머리가 조금 더 희끗하고 볼살도 살짝 빠진 느낌이었다. 진희가 아빠 앞에 수저를 놓으며 물었다.

"염색 안 해요?"

"가끔 하는데, 그냥 안 할까도 싶고. 다 늙어서 어디 잘 보일 데도 없으니까."

아빠는 미지근한 자스민차를 꿀꺽꿀꺽 삼킨 뒤 주전자를 집어 한 잔을 더 따랐다.

거의 두 달만의 상봉은 반갑다기보다는 어색했다. 태율이 얘기, 건강 얘기, 일 얘기, 요 며칠 뉴스에서 시끄러운 얘기……. 음식을 기다리는 동안 서로 이런저런 대화 주제를 꺼냈지만 모두 길게 이어지지는 못했다. 대화가 끊길 때마다 진희는 단무지를 베어 먹었고 아빠는 자스민차를 마셨다.

음식이 나오고 나서도 별반 다르지 않았다.

"괜찮네."

"그러게요. 천천히 드세요."

진희는 가게 벽면에 큰 텔레비전이 있어 다행이라고 생각했다. 둘은 전쟁, 2분기 수출 현황, 살인사건, 부동산 시장 뉴스에 한두 마디씩을 얹었다. 정치 뉴스가 나올 때 아빠가 무어라 의견을 냈지만, 진희는 못 들은 척 면을 빨아들였다.

"다 드셨어요?"

"응, 가자."

아빠는 가자는 말과 동시에 일어나더니 계산대로 저벅저벅 걸어가 계산서와 카드를 내밀었다. 진희가 지갑을 꺼낼 틈도 없었다.

"제가 산다니까……. 그럼 제가 차라도 살게요. 오랜만에 왔는데 포장해서 집 가서 마셔요."

유년 시절을 제외하면 이전에도 살가운 사이는 아니었지만, 진희의 이혼 후로는 더욱 서먹해진 느낌이었다. 아빠에게 가끔 태율을 맡길 때가 아니면 이렇게 만나는 일도 드물었다.

"태율이는 어린이집 갔고?"

"아니요, 오늘 애 아빠 만나는 날이라 데려다주고 왔어요."

"김 서방은 잘 지내나?"

"김 서방은 뭘 김 서방이에요. 서방 아니게 된 지가 벌써 1년이 됐는데."

"뭐, 달리 내가 부를 방법도 없고……."

아빠랑 대화를 나누다 보면 항상 끝에는 진희의 이혼 얘기가 나오곤 했다. 결국 이렇게 되리라는 걸 잠시 잊고 있던 것뿐이었다.

"내 생각에는 김 서방이랑 다시 한번……."

"아빠! 그 얘기 좀 그만해요. 제가 알아서 한다니까요."

그럴 때면 항상 분위기가 험악해졌다.

"태율이를 위해서라도 한번 생각해봐."

"태율이를 위해서 이게 최선이에요."

진희는 태율의 이름이 탁구공처럼 오가는 상황이 지긋지긋했다.

"그래도 애는 부모가 같이 키워야지. 그게 애한테 좋아."

"저 혼자서도 충분해요."

"네가 잘 하고 있는 거 알지. 아는데, 그래도 애한테는 엄마 아빠가 다 있는 게 좋지."

"그럼 나는요? 아빠가 그 잘난 사람이랑 이혼 안 해서, 내가 아빠 사랑, 엄마 사랑 양껏 받으면서 자랐어요?"

'엄마'는 아빠의 입을 닫게 만드는 마법의 단어였다. 진희의 스매시는 아빠가 받아칠 수 없는 모서리를 정확히 찔렀다. 아빠는 대답 대신 헛기침을 하고 진희의 눈을 피했다. 목이 바짝 타는지 커피만 연거푸 삼켰다. 쓰린 속 때문에 쓴맛이 느껴지지도 않았을 것이다.

물론 이곳에 승자는 없었다. 엄마 얘기는 진희와 아빠 모두에게 칼이었다. 아빠의 가슴을 찢고 진희의 머리를 후벼 팠다. 진희도 커피를 마셨다. 샷을 추가한 커피 맛이 밍밍했다.

'그 사람 얘기는 꺼내지 말았어야 했는데.'

머리 한쪽이 욱신거려 눈을 찌푸렸다. 이렇게 후회할 걸 뻔히 알면서도 감정이 격해지다 보면 매번 같은 실수를 반복했다.

조금씩 엄마의 얼굴이 떠올랐다. 다른 생각으로 막아보려고 해도 점점 더 선명해질 뿐이었다. 열여덟 살부터 엄마라는 존재를 완전히 지우겠다고 다짐했는데, 18년이 지나도록 머리카락 한 올만큼도 떨쳐내지 못했다.

여덟 살 진희가 학교에서 돌아왔을 때, 엄마의 옆에는 낯선 남자가 앉아 있었다. 엄마는 특별히 놀라지도, 그렇다고 인사를 시키지도 않았다. 그저 학교 잘 다녀왔냐고 묻고는 책가방을 벗겨 늘 두던 곳에 내려놓았다.

"친구들이랑 놀다가 저녁 먹기 전에 들어와. 알았지?"

엄마는 진희의 손에 용돈을 쥐여주었다. 남자는 텔레비전 화면에 집중하고 있었다.

"저 아저씨는 누구예요?"

"응, 엄마 친구. 얼른 놀다 와. 돈 더 줄까?"

진희는 고개를 쭈욱 빼고 남자를 쳐다보았다.

"얼른, 엄마 말 들어야지."

엄마는 오천 원짜리 한 장을 더 쥐여주고는 진희를 현관 쪽으로 떠밀었다. 그때 아빠는 출장 중이었고, 다음 날 저녁이 되어서야 돌아올 예정이었다.

아빠가 엄마의 외도 사실을 알게 되는 데는 많은 시간이 필요하지 않았다. 애초부터 엄마는 적극적으로 감출 생각이 없던 것 같기도 했다. 집에서는 싸우는 소리가 점점 잦아졌다. 싸우고 난 다음에는 엄마가 며칠씩 집을 비웠다. 진희가 부르는 소리에 대꾸도 하지 않고 가방에 몇 가지 짐만 챙겨 현관문을 쾅 닫고 나갔다. 처음 몇 번은 뒤따라 나섰던 아빠도 나중에는 현관문 대신 베란다 문을 열고 담배만 태웠다.

진희는 차라리 엄마가 없는 시간이 더 좋았다. 엄마가 있는 날이면 집 안이 얼어붙은 듯 조용하거나 화산처럼 폭발하고 말았으니까.

나이가 들수록 이해할 수 없는 쪽은 엄마보다는 아빠 쪽이었다.

"아빠, 엄마랑 그냥 이혼하면 안 돼요?"

"그럴 문제까지는 아니다. 넌 걱정하지 말고 공부만 열심히 해."

그럴 문제까지 되려면 도대체 얼마나 더 다퉈야 하는 거지. 진희는 도무지 이해할 수 없었다. 이혼하면 안 되냐는 질문이 나중에는 제발 이혼 좀 하라는 원망으로 바뀌었지만, 아빠의 답은 변하지 않았다. 20년을 넘게 피우던 담배는 냄새가 싫다는 진희의 말에 곧장 끊었으면서, 이혼 얘기에는 왜 그렇게 고집을 피우는지.

진희가 열어덟이 되던 해, 엄마는 집을 아주 나가버렸다. 1년에 한두 번씩 돌아와 아빠의 속을 박박 긁고 이혼 서류를 내밀었지만, 아빠는 끝끝내 외면했다. 진희는 엄마가 이 상황을 즐기고 있다고 생각했다.

"이거 또 그 사람이 보낸 거죠?"

집을 나서려던 진희가 탁자 위에 놓인 서류를 집어 들었다. 아빠는 아무런 대꾸 없이 커피 용기와 과일 접시를 치웠다. 진희는 다 들리도록 크게 한숨을 쉬고는 서류를 탁자 위에 던졌다.

"마음대로 하세요, 내 알 바 아니니까. 저 가요."

진희가 신발을 신는 소리에 아빠가 현관으로 나와 배웅했다.

"운전 조심하고."

이번에는 진희가 침묵을 지켰다.

진희는 엘리베이터를 기다리며 복도 난간에 살짝 기대 아래를 쳐다보았다. 단단한 콘크리트가 가슴팍까지 받치고 있었음에도 손바닥에 땀이 맺혔다. 머릿속에서 난간이 무너지면서 바닥으로 고꾸라지는 모습이 그려졌다. 진희는 흠칫 놀라 뒷걸음질쳤다. 알림음과 함께 엘리베이터 문이 열렸고, 황급히 몸을 실었다.

진희는 지하 2층을 눌렀다. 내려가는 게 아니라 가라앉는 느낌이었다. 엘리베이터가 이대로 추락한다면 어떻게 될까. 레일이 끊어져 바닥으로 곤두박질친다면 저항해볼

틈도 없겠지. 문득 엘리베이터가 흔들리는 것 같았다. 진희는 벽에 바짝 몸을 붙이고 손잡이를 강하게 움켜잡았다.

 이혼 후로 죽는 장면에 대해 자주 떠올리게 되었다. 상상 속 죽음의 순간은 늘 의지와 상관없이 순식간에 벌어지는 사고로 인해 찾아왔다. 진희는 결코 죽고 싶지 않았다. 태율을 혼자 두고서는 절대로 죽을 수 없었다. 하지만 불의의 사고에 대한 상상은 불쑥불쑥 진희를 건드렸다. 자신이 태율을 위한 최선이 아니라는 의심이 들 때마다 죽음의 이미지는 더욱 구체적으로 나타났다.

 태율을 재우고 나서 어두운 거실에 들어설 때면 덜컥 겁이 날 때가 많았다. 하루 종일 누르고 있던 불안과 걱정이 마구 터져 나왔다. 어떤 날에는 태율을 낳은 걸 후회하기도 했다. 태율이 없었다면 모든 게 쉽지 않았을까. 그런 생각에 빠져들다 보면 어느 순간 소스라치게 놀라 정신을 차렸다. 그때부터는 죄의식이 목을 조였다. 진희는 죄스러운 마음을 견딜 수 없어 태율의 방문을 벌컥 열었다. 곤히 자고 있는 태율에게 쓰러지듯 다가가 와락 끌어안고 흐느꼈다.

 "태율아, 미안해. 엄마가 미안해."

"엄마, 왜 그래?"

"엄마가 무서운 꿈을 꿔서 그래. 미안해, 태율아."

이 조그만 것을 두고 어떻게 그런 생각을 할 수 있었는지. 태율이 다시 잠들고 나서도 진희는 미안하다는 말을 끊임없이 되뇌었다. 악착같이 태율을 지키고 있다고 생각했는데, 도리어 자신이 태율의 손에 대롱대롱 매달려 간신히 버티고 있는 꼴이었다.

엘리베이터가 지하 2층에 도착했다. 차를 향해 걸어가는 동안에도 왜인지 계속 가라앉고 있는 느낌이었다.

'태율이를 위해서라도…….'

그 말은 언제 들어도 버거웠다. 내가 태율이를 위해서 해줄 수 있는 게 과연 하나라도 있을까.

시계를 보니 태율을 데리러 가기까지 아직도 두 시간이 남아 있었다. 시간은 예전이나 지금이나 아무런 도움이 되지 않았다. 진희는 차에 타서 시동을 걸었다. 목적지도 정하지 않고 우선 액셀을 밟았다.

진희는 핸드폰이 울리기를 바랐다. 재성이 어쩔 줄 몰라 하며 도움을 청하기를. 태율이 엉엉 울면서 엄마만 찾는다고, 빨리 오라고. 그러면 진희는 모든 신호와 제한속도를 어기고서라도 태율에게 달려갈 준비가 되어 있었다. 그렇게라도 자신이 태율에게 없어서는 안 될 존재라는 것을 확인하고 싶었다.

4

 마트에 출근하자마자 고 대리가 예리를 사무실로 불렀다. 예리는 사무실 한쪽에 놓인 원탁 앞에 앉아 고 대리의 이야기를 들었다.
 "계약직 자리가 하나 났어요, 6개월짜리. 저번에 근무 시간 더 늘릴 수 있냐고 하셨잖아요. 이참에 계약직으로 일해보는 건 어때요? 계약기간도 짧으니까 별로 부담 없으실 거고."
 마트 사원들의 인사를 담당하고 있는 고 대리는 원탁 위에 놓인 서류를 예리 쪽으로 밀었다.

"자세한 내용은 거기 보시면 돼요. 근무시간은 정직원이랑 거의 비슷하고, 아르바이트 때보다 급여도 좀 더 올려드려요."

예리는 종이컵을 들어 물을 한 모금 천천히 들이켰다. 아르바이트 급여로는 당장 나가는 월세와 생활비를 충당하기 빠듯했다.

"채용 공고 내기 전에 예리 씨한테 먼저 물어보는 거예요. 일 열심히 하시니까."

계약직으로 전환하면 생활이야 조금 나아지겠지만, 그만큼 취업 준비를 할 시간은 줄어들 터였다. 근데 여태껏 취업 못 한 게 어디 시간 탓이었나.

요즘에는 지원서를 넣을 만한 채용 공고도 거의 보이지 않았다. 취준 커뮤니티에는 대부분의 기업이 올해 채용을 이미 마무리 지었다는 소식이 돌았다. 몇몇 기업에서 하반기 채용을 한다고 해도 경쟁이 몰려 바늘구멍이 될 것이 뻔했다. 지난 1년 만의 경험을 돌아봤을 때, 예리는 도무지 그 좁은 구멍을 통과할 거라는 확신이 들지 않았다.

"한다고 하면 언제부터 시작하는 거예요?"

"사인만 하면 바로예요. 오늘부터 6개월. 하실래요?"

종이컵에는 물이 반쯤 남아 있었다. 예리에게는 물이 반이나 남은 건지, 혹은 반밖에 안 남은 건지는 중요하지 않았다. 그저 종이컵이 꼭 자기 모습 같다는 생각이 들었을 뿐이다. 물을 얼마나 담고 있든지 간에 곧 흐물흐물해질 위태로운 모습. 그런 모습으로는 오래 버틸 자신이 없었다.

"네, 해볼게요."

우선은 조금 더 큰 용량의 새 종이컵으로 갈아 끼우는 것. 그것이 지금 예리가 할 수 있는 최선이었다.

다시 매장으로 내려온 예리는 장갑을 꺼내 손톱 끝까지 바짝 끼었다.

'잘한 거야. 차라리 이게 나아. 금전적으로 여유가 생기면 오히려 편한 마음으로 준비할 수 있겠지. 자취방도 좀 더 안전하고 넓은 곳으로 옮길 수 있고.'

예리는 물건을 정리하면서 스스로를 다독였다. 벌써 계약서에 서명을 했고, 되돌린다고 해도 딱히 뾰족한 수가 있는 것도 아니었다.

'6개월이면 이것저것 준비하기에 딱 좋은 시간이야. 자취방은 옮기지 말고 학원 먼저 등록해야겠다. 코딩이든 영어든 이참에 뭐라도 쌓아두는 게 내년 상반기 채용에 훨씬 유리할 거야.'

예리는 진열대 곳곳을 바라보며 재고가 부족한 물건을 체크했다. 핸드폰 메모장을 열어 품목을 기록하고, PDA로 바코드를 찍어 창고에 남아 있는 수량을 확인했다.

마트 일은 설렁설렁 할 수 있는 일이 아니었다. 정리를 하지 않으면 금방 티가 났고, 제때 재고를 채우지 않으면 상사나 고객 둘 중 하나로부터 반드시 한 소리 듣기 마련이었다. 물건 진열을 하다 보면 무릎을 꿇거나 허리를 숙여야 하는 경우가 다반사였고, 높은 칸을 채우기 위해서는 사다리도 타야 했다. 이 매대를 마무리했다 싶으면 저 매대에 일거리가 생겼다.

예리는 차라리 그런 부분이 좋았다. 일에 집중하다 보면 잡생각을 조금이나마 줄일 수 있었다. 강박장애 증상이 나타나도 물건을 정리하는 반복 행동을 통해 어느 정도 다스릴 수도 있었다. 강박이 심한 날에는 오히려 정리를 잘한다고 주변 직원들에게 칭찬받기도 했다.

"예리야, 이예리!"

허리를 숙이고 물건을 정리하던 예리는 누군가 어깨를 두드리는 바람에 고개를 들었다. 대학 동기 세은이었다.

"오랜만이다! 잘 지냈어?"

"그러게, 진짜 오랜만이다. 너는 잘 지내?"

예리는 자신도 모르게 손에 들고 있던 상품을 꽉 쥐었다. 팩으로 된 과자였는데, 내용물이 투두둑 하고 바스라지는 게 느껴졌다.

"그럭저럭이지, 뭐. 여기서 일하고 있는 거야?"

"아, 응. 취준 하면서 아르바이트로 잠깐 일하고 있는데……."

"그래? 어떻게 여기서 만나냐. 이쪽 동네에 사는 거야?"

"응, 너도 이 동네 살아? 아니었던 것 같은데."

"아, 나는 잠깐 엄마 보러 왔어. 엄마가 이 동네 사서. 오는 길에 뭐 좀 사 오라고 해서."

세은의 대답에 예리는 내심 다행이라고 생각했다.

"맞다, 너 그 회사 들어갔다며. 지난번에 인스타로 봤어. 거기 경쟁률 엄청 세다던데, 축하해. 좋겠다, 진짜."

예리가 머쓱하게 웃으며 축하 인사를 건넸다. 세은도

쑥스럽게 웃으며 고맙다고 답했다. 웃음이라는 하나의 단어로 묶기에는 둘의 모습은 너무도 다른 느낌이었다. 과일 매대에 진열된 생과일과 가공식품 매대에 처박힌 과일 통조림처럼.

"취준 하려면 바쁠 텐데 아르바이트까지 하고. 그래도 나중에 한번 시간 내서 다른 애들이랑 같이 보자. 우리 졸업 후에 제대로 못 봤잖아."

"오, 좋다."

예리는 마침 기다리던 말이라는 듯이 양손을 모아 박수를 쳤다. 작업 장갑을 낀 탓에 둔탁한 소리가 났다.

"그치? 내가 한번 모아볼게. 너 일하는데 괜히 내가 방해하는 거 같다. 먼저 가볼게, 곧 보자. 연락할게."

"응, 조심히 가. 곧 봐."

손을 흔들며 사라지는 세은의 발걸음은 5센티미터짜리 힐을 신었음에도 가벼워 보였다. 예상치 못한 곳에서 대학 동기를 만났다는 순수한 반가움이 또각또각 발자국으로 찍혔다. 세은이 매대를 돌아 사라지자, 예리는 흔들던 손을 내려 바지에 슥슥 문질렀다.

창피함보다도 무력감이 더 컸다. 분명 세은에게서 아

무런 이질감도 느끼지 못하던 시기가 있었다. 고작 1년 전이다. 같은 대학교, 같은 학과. 그 울타리가 영원하지 않다는 것은 알고 있었지만 대체로 비슷하게 살아갈 것이라 생각했다. 하지만 지금의 세은은 도무지 같은 울타리에서 나왔다고 할 수 없을 만큼 달라져 있었다. 세은이 벌써 닿을 수 없는 곳까지 나아간 것 같아서, 그 간극을 좁히기엔 이미 늦은 것 같아서 예리는 무서웠다.

예리는 조끼에 단 명찰을 떼서 주머니에 쑤셔 넣었다. 관리자에게 지적받을 것을 알지만 지금은 계속 달고 있기 힘들었다. 그게 마트 명찰이라서가 아니라, 꼭 수천 걸음을 뒤쳐졌다는 표식처럼 느껴져서였다.

순간 심장박동이 빨라지고 손끝이 떨렸다. 예리는 얼른 다음 매대로 넘어가 물건에 손을 뻗었다. 불안감이 심해지기 전에 신경을 다른 곳으로 돌려야만 했다. 물건이 놓인 각도를 조절하고, 옆 물건과의 간격을 정리했다. 맨 아래부터 맨 위까지 칼같이 정리를 마치고 나면 바로 다음 매대로 이동했다. 이 순간 예리에게 위안이 될 만한 건 마트에 아직 수백 개의 매대가 있고, 방금 정리를 마친 매대도 곧 고객들이 어질러놓을 것이라는 사실뿐이었다.

예리는 차곡차곡 정리한 물건들을 바라보며 자신도 매대 위에 정리되고 싶다는 기분을 느꼈다. 찍 소리도 내지 못하고 착착착. 한때는 그런 통제된 상황에서 벗어나기만을 바랐는데, 결국 그 손길을 원하고 있는 모습이라니.

예리가 처음으로 정리되었던 건 중학교 2학년 때였다. 진지하게 무언가가 되고 싶다는 마음을 처음으로 품었던 때이기도 했다. 예리는 몸을 움직이는 일이 즐거웠고, 늘 체육 시간만을 기다렸다. 일주일에 딱 두 번뿐인 체육 시간으로는 부족해서 엄마에게 얘기해 구민 체육 센터에 등록도 했다. 열다섯 예리는 혜경이 지도하는 농구 수업에서 매일 땀에 흠뻑 젖도록 뛰어다녔다.

"엄마, 나 체육 선생님 하고 싶어."

그 당시 예리의 아이돌은 학교 체육 선생님과 혜경이었다.

"안 돼."

그게 엄마의 첫 반응이었다. 왜 체육 선생이 되고 싶냐고 이유를 묻지도 않았다. 엄마가 예리를 체육 센터에 보냈던 건 체육 선생이 되는 꿈을 키우라는 뜻이 아니었다. 공부도 체력 싸움이라는 말에 3학년이 되기 전에 체력을 키워놓자는 의도였을 뿐. 집 안을 늘 깨끗하게 정리하던 엄마는 예리의 진로를 정리하는 데도 거침이 없었다.

"여자애들이 운동하기 얼마나 힘든 줄 알아? 재미로 운동하는 거랑 입시 체육이랑 얼마나 다른데. 체대 간다고 다 선생 되는 거 아니고, 여자가 체육 선생하는 게 쉬운 일도 아니야. 운동은 그냥 취미로만 해. 슬슬 내년에 다닐 학원이나 더 알아보자."

예리는 반대하는 엄마가 미웠다. 미운 마음에 며칠 동안 입을 다물고, 밥도 먹는 둥 마는 둥 했다. 하지만 시간이 지날수록 유리한 건 엄마였다. 엄마는 어디서 들었는지 체육 교사가 되는 일에 대한 어려움을 자주 이야기해주었다.

"예리야, 엄마가 다른 엄마들한테 다 듣고 얘기해주는 거야. 체육 선생님 되려면 운동만 열심히 하면 되는 줄 알지? 아니야. 운동은 운동대로 죽어라 하고, 공부도 다른 애들이랑 똑같이 해야 한다더라. 그래야 대학 간다고. 너 운동하면서 남들만큼 공부할 수 있어? 준비하다가 중간에 포기라도 해봐. 그때는 정말 이도 저도 안 되는 거야."

이야기를 들을수록 예리는 약해져갔다. 처음에는 그냥

협박이라고 생각했던 말도 점점 사실처럼 느껴졌다.

"임용고시 경쟁률은 또 어떻고? 요즘도 계속 학생 수는 줄어드는데, 네가 선생님 될 때 되면 자리가 더 줄어들겠지. 체육교육과 나와서 선생 안 되면 뭐 해? 다른 애들은 다 취직하고 있을 때 너 혼자만 다시 시작하는 거지."

예리의 마음속에서는 조금씩 의심이 자라났다. 내가 진짜 해낼 수 있을까.

"엄마가 너 안 좋은 일 시키겠니. 나중에는 말려줘서 고맙다고 절을 할 거다. 엄마가 맛있는 거 해줄게. 공부하는 데 필요한 거 있으면 다 말하고, 응?"

의심은 얼마 지나지 않아 두려움이 되었다. 도전을 해보기에는 실패의 기운이 너무 뚜렷했다. 결국 예리는 그해 겨울방학에 종합반 학원에 등록하게 되었고, 학원 시간 때문에 농구 수업에도 나갈 수 없게 되었다.

고등학생이 되어서도 엄마의 정리는 계속되었다. 예리가 문과를 선택하겠다고 했을 때, 엄마는 한 치의 고민도 없이 이과를 강권했다. 문과는 대학 가기 어렵다, 이과에서 조금만 더 노력하면 대학 갈 때 훨씬 유리하다더라……. 예리는 이전보다 실패를 상상하는 속도가 더욱 빨라졌다.

　예리가 마지막으로 엄마와 맞선 것은 대입을 앞두고 전공을 정할 때였다. 예리의 선택은 건축학과였지만, 엄마의 답은 컴퓨터공학과였다.

　"건축 쪽으로 가면 취업하기 힘들대. 취업해도 박봉이고. 예리 너는 남들보다 더 고생하고 남들보다 덜 벌고 싶어? 하고 싶은 건 나중에 취업하고 취미로 해. 좋은 직장 가면 남들 쉴 때 쉬면서 하고 싶은 거 다 할 수 있어."

　이제까지는 전부 엄마 말을 들었다고 해도 대학 전공만큼은 자신이 선택하고 싶었다. 대학에 들어가면 성인이고, 언제까지 엄마의 품에서 살 수는 없으니까.

　예리는 엄마에게 반박하기 위해 이런저런 자료를 찾아보았다. 건축학이 얼마나 훌륭한 학문인지, 건축 일로 잘 먹고 잘 사는 사람이 얼마나 많은지. 하지만 그런 사례 백 가지를 찾아 가도 엄마에게는 백한 가지의 논리가 있었다. 다 무시하고 반기를 들어볼까 싶다가도 늘 최후의 일격 앞에 무너졌다.

　"진짜 후회하지 않을 자신 있어?"

　그 말을 마주할 때면 모든 게 무서워졌다. 그런 불안감이 수능을 앞두고부터는 조금씩 강박장애 증상으로 번졌다. 불쑥 불안감이 찾아오면 잦아들 때까지 똑같은 행동을 반복해야만 벗어날 수 있었다. 문지방을 넘다가 불안해지면 끝없이 문지방을 넘나들었다. 수학 문제를 풀다가 불안해지면 공책을 새까맣게 채울 때까지 숫자나 기호를 써댔다.

첫 대입은 엄마의 기준에서 완벽한 실패였다. 예리는 성적에 맞춰 진학하고자 했으나, 엄마는 예리를 재수 학원에 데리고 갔다. 재수를 시작하고는 강박이 더욱 심해져 한 시간이 넘도록 같은 행동을 반복해야 하는 날도 있었다. 첫 모의고사에서 참담한 성적표를 받은 날, 요즘 통 집중을 못 하는 것 같다며 채근하는 엄마에게 예리는 자신의 증상을 처음으로 털어놓았다.

"엄마, 사실 나 병이 있는 것 같아. 계속 똑같은 행동을 해야만 가슴이 진정되는데, 찾아보니까 강박장애라고 하는 것 같더라고. 참으면 되겠지, 괜찮아지겠지 했는데……. 그러니까 나 병원에 한번……."

"학업 스트레스 때문이야. 그 나이 때는 조금씩 그럴 수 있어. 학원에는 말해둘 테니까, 며칠 쉬고 다시 시작해보

자. 그러면 돼. 큰일 아니야, 엄마도 똑같이 다 겪었어."

엄마는 예리의 어깨를 잡고 말을 이었다.

"스트레스성으로 툭 하면 병원 다니는 거, 좋지 않은 습관이야. 어릴 때부터 정신과 다니면 오히려 더 안 좋대. 요즘 텔레비전에서 정신과 가보라는 얘기들 많이 떠드는데, 괜히 진료 기록 남겼다가 나중에 취직하거나 그럴 때 불이익 받을 수도 있어. 쓸데없이 어디다 말하고 다니지 말고, 응? 당분간은 그냥 푹 쉬면서 머리 식혀. 힘들면 꼭 엄마한테 말하고. 뭐 먹고 싶은 건 없어?"

어렵사리 대학에 들어가고 난 후에는 엄마 말대로 증상이 조금 나아졌다. 엄마는 그거 보라고, 한창 예민할 때는 누구나 그럴 수 있다고 매듭을 지었다. 예리는 강박이 줄었다는 사실에 숨이 틔었지만, 엄마의 논리가 또 옳았다는 생각에 어딘가 무서워졌.

취업 준비를 시작하면서 다시 강박장애 증상이 심해졌을 때, 예리는 엄마에게 말을 꺼내지 않았다. 그렇다고 혼자 병원을 찾지도 않았다. 이번에도 나만 유별나게 구는 걸까 봐. 어차피 다 지나갈 일인데, 남들도 다 비슷하게 사는데, 나만 또 호들갑을 떠는 걸까 봐. 나아지겠지, 취업하고 나면 또 줄어들겠지. 예리는 불안이 잦아들 때까지 같은 수건을 일흔여덟 번이나 펼쳤다 접어야 했다.

 핸드폰이 울렸다. 구인 구직 앱의 채용 공고 알림이었다. 예리는 슬쩍 훑어보다가 저장 버튼을 눌렀다. 저장 목록에 쌓인 공고 중 이미 탈락한 것들을 하나씩 삭제했다. 이제 목록에는 방금 저장한 공고 하나만 남았다.

 '이것도 떨어지면…….'

 예리는 한숨을 깊게 내쉬고는 다시 정리를 시작했다. 예리의 손을 거친 매대 위에는 모든 물건이 한 치의 어긋남 없이 정갈하게 놓여 있었다.

5

 쾅, 쾅, 쾅, 쾅. 예리의 손을 떠난 농구공이 코트 바닥을 강하게 때리고 다시 올라오기를 반복했다. 예리는 자세를 낮추며 공을 더욱 낮고 빠르게 튀겼다. 전완근이 팽팽해지면서 어깨가 뻐근해지고, 숨소리는 점점 더 거칠어졌다.

 일주일에 하루, 딱 한 시간짜리 도피처로 예리는 깊이 파고들었다. 모든 정신을 육체의 움직임에 쏟았다. 움직임이 격해질수록 예리와 공은 경계를 잃고 하나의 총체가 되어갔다. 육체는 정신으로부터 지휘를 받는 일방적인 관계에서 벗어나, 움직임을 통해 감정을 조절하고 생각을 제어했다.

이러한 정신과 육체의 합일 상태는 예리에게 자유를 주었다. 몸이 움직이는 한 어떤 불안도 끼어들 수 없었다. 예리는 이 찰나의 자유를 깨고 싶지 않았다. 심장박동이 한계치까지 치솟았지만 관절과 근육의 움직임을 멈추지 않았다.

예리에 비해 한참 어정쩡한 자세지만, 진희 쪽의 열기도 만만치 않았다. 예리의 정신이 육체와 합일을 이룬 것과 다르게, 진희의 정신은 육체를 더욱 호되게 몰아세웠다. 더 세게! 더 빨리! 관절이 삐걱대며 난색을 표했지만 정신은 채찍을 더 높게 들었다.

'튼튼해지자. 혼자서도 두 사람의 몫을 거뜬히 해낼 수 있을 만큼. 태율이가 한순간도 부족함을 느낄 수 없을 만큼 더 튼튼해지자.'

진희는 농구공에 자신의 걱정을 실었다. 재성에 대한 분노, 엄마에 대한 증오, 아빠에 대한 원망도 함께 실었다. 농구공을 내리칠 때마다 그것들이 산산이 부서지길 바랐다. 첫 수업보다 나아지긴 했지만 공은 아직도 종종 손에서 빠져나갔다. 저 앞으로 굴러갈 때면 진희는 이를 악물고 뛰어가 공을 낚아챘다. 양손으로 터뜨릴 듯이 꽉 쥐었다가, 전보다 더욱 거세게 바닥으로 내리쳤다.

쾅, 쾅, 쾅, 쾅, 쾅, 쾅.

진희와 예리의 드리블 소리가 15미터 높이의 천장까지도 매섭게 울렸다.

"어유, 두 사람 얼굴만 보면 무슨 국가대표 훈련장인 줄 알겠네."

혜경이 호루라기를 불었다. 공 튀기는 소리가 워낙 격정적인 탓에 숨을 한껏 들이마셨다가 힘차게 삑! 소리를 내야 했다. 진희와 예리는 그제야 드리블을 멈췄다.

"이리로 모이세요. 아니, 무슨…… 공에 원수졌어?"

혜경이 손짓하며 장난스러운 표정을 지었다. 진희와 예리는 숨을 고르느라 바빴다.

"드리블을 세게 치는 건 좋은데, 경직된 느낌은 좋지 않아요. 힘을 줘야 하는 곳에만 주면서 부드럽게. 오케이?"

"오케."

구석에서 놀던 태율이 언제 왔는지 셋 사이에 서서 혜경의 말을 따라 했다.

"우리 태율이가 대답 제일 잘하네. 태율아, 엄마가 잘하는 거 같아, 누나가 잘하는 거 같아?"

혜경이 태율의 어깨에 손을 얹고 진희와 예리 쪽을 가리켰다.

태율은 일 초도 망설이지 않고 답했다.

"누나!"

진희가 태율을 향해 삐친 표정을 지었다.

"어어, 김태율! 고민하는 척이라도 좀 하시지?"

"누나가 잘해."

그럼에도 태율은 대답을 바꾸지 않았다. 예리가 씩 웃으면서 태율에게 다가가 머리를 쓰다듬었다.

"태율아, 누나랑 패스 연습 할까?"

태율이 고개를 끄덕이더니 예리에게 공을 던졌다. 패스라기보다는 바닥에 공을 내팽개친 쪽에 가까웠다. 예리는 그 공을 주워 들고 태율에게 박수를 쳐주었다.

"태율이 너무 잘한다!"

진희가 태율에게 다가가 엉덩이를 쿡쿡 찔렀다.

"김태율, 넌 엄마보다 누나가 더 좋냐?"

태율이 약이 오른 얼굴로 팔을 저었다.

"악, 하지 마!"

"누나가 더 좋으면 누나랑 살아."

"아니야!"

"그럼?"

"엄마가 제일 좋지, 당연히."

태율은 바닥에 놓인 공을 집어 다시 구석 쪽으로 와다다 달려갔다. 혜경이 웃었다.

"그치, 엄마가 제일 좋겠지. 진희 씨는 알면서 물어요, 그런 걸."

'당연히'란 말은 또 언제 배웠을까. 진희는 당연하다는 말이 붙은 그 고백에 순간 눈이 시큰해졌다. 절대 죽어서는 안 될 이유가, 꼭 튼튼해져야만 하는 이유가 더욱 분명해졌다.

6

"언니."

예리가 물건을 진열하고 있는 진희 곁을 지나며 반갑게 인사를 건넸다.

"어, 예리 씨! 오늘 마감인가 보네요."

진희도 예리를 발견하고는 밝게 웃었다. 예전에는 눈인사도 나눌까 말까 한 사이였지만 농구를 시작하고부터는 부쩍 가까워졌다. 근무시간이 맞으면 함께 식사를 하기도 했다. 그런 날이면 진희가 늘 예리에게 커피를 사주었다.

"아니에요, 언니. 오늘은 진짜 제가 살게요."

"괜찮아요, 비싼 커피도 아닌데. 나중에 예리 씨 계약 끝나면 그때 한 잔 얻어 마실게요. 그때까지는 제가 사게 해주세요. 맞다, 이것도 드세요."

"웬 사탕이에요?"

"태율이가 누나 꼭 주래요."

예리가 웃으며 사탕을 받아 들었다.

"너무 귀여워요."

"그거 태율이가 제일 아끼는 거예요. 아, 예리 씨 혹시 나중에 심심할 때 저희 집에 한번 놀러 오실래요? 태율이가 누나랑 놀고 싶다고 성화예요. 엄마보다 더 좋아하는 것 같아."

"정말요? 태율이가 찾으면 가야죠. 초대해주시면 꼭 놀러 갈게요."

예리는 농구공을 들고 빨빨거리는 태율의 모습을 떠올리며 웃음을 지었다.

퇴근 후 마트를 나서던 진희의 눈에 익숙한 얼굴이 보였다.

"퇴근한 거야?"

재성이 머쓱한 얼굴로 머리를 긁으며 진희 쪽으로 다가왔다. 진희는 누가 볼세라 재성의 팔뚝을 잡고 지상 주차장으로 끌고 갔다.

"왜 여기까지 왔어? 퇴근 시간은 어떻게 알았고?"

"어린이집에 전화해보니까 오늘 태율이 다섯 시 반까지 있을 거라고 해서. 이쯤 퇴근하려나 싶었지."

"네가 어린이집에 전화를 왜 하는데?"

"왜긴, 아빠잖아."

진희는 뭐가 문제냐는 재성의 저 표정을 볼 때마다 뺨을 한 대 후리고 싶었다.

"정해진 날 빼고는 맘대로 오면 안 된다는 거 몰라?"

"오늘 당신이랑 태율이 보고 싶어서 반차 좀 냈어. 이왕 이렇게 만났으니까 같이 하원시키고 밥이나 먹자. 어차피 다음 약속이 이번 주말이잖아. 며칠만 미리 당겨 쓰는 걸로 쳐. 같이 밥만 먹고 금방 갈게."

"헛소리하지 마. 절대 안 돼."

"당신이랑 할 얘기도 있고……. 잠깐이면 된다니까."

진희가 단호한 표정으로 재성을 쏘아보았지만 재성은

쉽게 물러서지 않았다. 당장 꺼지라고 등을 떠밀어도 그 자리에 꿋꿋하게 버티고 서서 잠깐이면 된다는 말만 반복했다.

둘의 언성이 조금씩 높아지고 있을 때, 한쪽 주차 구역에서 카트를 수거하던 예리가 그 모습을 발견했다. 무슨 일인가 싶어 기웃거리던 중, 낯선 남자와 대치 중인 상대가 진희라는 것을 알아챘다. 진희는 남자에게 계속해서 가라는 듯한 손짓을 하고 있었는데 남자는 물러서기는커녕 진희 쪽으로 더 가까이 몸을 붙였다. 진희는 뒷걸음질쳤고, 남자의 목소리는 더욱 격앙되었다. 진희에게 좋지 않은 상황임을 직감한 예리는 곧장 그쪽을 향해 카트를 밀었다.

"고객님, 잠시 비켜주세요."

예리의 카트는 진희와 재성의 틈으로 파고들었다. 재성은 물론 진희도 놀란 표정을 지었다.

"아, 언니도 계셨네요."

예리는 그제야 진희를 발견한 것처럼 말을 건넸다.

"언니, 아까 부장님이 찾으시던데. 급한 일 같아서 지금 올라가보셔야 할 것 같아요."

예리는 재성이 보이지 않는 듯 진희 쪽으로 완전히 몸을 틀었다.

"저기요, 고객이 얘기하고 있는데 방해해도 되는 거예요?"

재성이 예리에게 삿대질하며 따져 물었지만 예리는 눈길조차 주지 않았다.

"언니, 바로 올라가세요. 부장님 성격 아시죠?"

진희는 예리가 슬쩍 윙크하는 것을 보았다.

"아, 네. 지금 가볼게요."

진희가 마트 쪽으로 들어가려고 하자 재성이 뛰어가 덜컥 진희의 팔목을 잡았다.

"진희야, 잠깐만. 다음 약속일 당기는 셈 치자니까? 며칠 당긴다고 큰일 나? 같이 저녁 먹어봤자 주말에 만나는 것보다 더 짧잖아. 오늘 보면 주말에는 진짜 태율이 안 만날게, 응?"

진희는 재성의 손을 떨쳐내려고 했지만 재성이 더 꽉 움켜쥐는 탓에 쉽게 빼낼 수 없었다.

"저기요! 아무리 고객이어도 그렇게 동의 없이 직원한테 손찌검하면 경찰에 신고할 거예요."

예리가 재성 쪽으로 카트를 바짝 밀었다.

"손찌검? 지금 내가 누군지 알고 이래요? 내가 이 사람 남편이었던 사람이에요. 남 일에 신경 쓰지 말고 빠지시라고. 이 카트도 좀 치우고!"

재성이 신경질적으로 카트를 발로 찼다. 카트 한 대가 앞으로 빠지면서 보도블록에 걸려 넘어졌다.

"남 아니고 직장 동료인데요? 고객님이야말로 남 아니에요? 전남편이면 남이죠. 방금 기물 파손도 하셨어요."

예리는 당장 신고하겠다는 말과 함께 핸드폰을 꺼내 들었다. 그제야 재성이 진희의 팔목을 놓고 예리에게 다가와 핸드폰을 낚아챘다.

"뭐 하시는 거예요, 지금? 와, 이건 완전 폭력이고 갈취죠. 제 핸드폰 주세요."

소란이 커지자 주변을 순찰하던 보안 요원이 셋을 향해 다가왔다. 정확한 내용이 들리지는 않았지만, 무전기를 통해 무언가 말하고 있었다. 아마도 보안실에 상황을 보고하는 것으로 보였다.

"에이 씨, 진짜. 내, 내가 언제 갈취를 했다고 그래요?"

재성은 예리에게 서둘러 핸드폰을 돌려주었다. 건장한

보안 요원이 재성을 향해 말을 건넸다.

"무슨 일이십니까?"

"아, 아니, 내가 여기 직원이랑 아는 사이에요. 잠깐 얘기 좀 하느라고……. 진희야, 내가 다시 연락할게. 이따 얘기하자."

보안 요원이 재성에게 무어라 질문을 했지만, 재성은 뒤도 돌아보지 않고 반대쪽 주차 구역으로 넘어갔다.

"진짜 별일 없는 거 맞으세요?"

보안 요원의 질문에 진희는 고개를 끄덕였다. 둘은 보안 요원을 보내고 잠시 벤치에 앉았다.

"예리 씨, 죄송해요. 일하고 있는데 괜히 이상한 데 얽히게 했네요. 어유, 창피해."

"죄송은요, 언니. 제가 괜히 오지랖을 부린 건가 싶기도 하고……."

"아니에요. 그 인간이 갑자기 찾아와서 좀 당황했는데, 예리 씨 덕분에 해결됐어요."

"그럼 다행이고요."

예리가 멋쩍은 표정을 지었다.

"나 때문에 시간 많이 썼겠네요. 얼른 들어가보세요."

"언니도 얼른 가셔야죠. 태율이 하원 시간 늦지 않으셨어요?"

"어머, 내 정신 좀 봐. 요 앞에서 택시 타야겠네요. 고마워요, 예리 씨. 제가 꼭 밥이라도 살게요. 그럼 내일 봬요. 고마워요!"

진희는 큰길을 향해 뛰어가면서도 서너 번이나 뒤돌아 예리에게 꾸벅꾸벅 고개를 숙이고 손을 흔들었다. 예리는 이러다가 끝없이 인사를 주고받게 될 것 같아 네 번째 인사까지만 받고 서둘러 마트로 들어갔다.

그날 저녁, 재성은 기어이 진희에게 전화를 걸었다.

"아까는 이상한 여자 때문에 제대로 얘기도 못 하고……."

"이상한 건 너지."

진희는 곧장 재성의 말을 잘랐다.

"주말이고 뭐고 이번 달에는 아예 태율이 볼 생각 하지 마."

"어떻게 그래?"

"뭘 어떻게 그래? 애초에 네가 약속을 어겼잖아."

"그래도 다다음 주에 태율이 생일이잖아."

당장 전화를 끊으려던 진희의 손이 얼어붙었다.

"아무리 그래도 그때는 같이 봐야지. 태율이 생각은 안 해?"

진희는 눈을 질끈 감고 머리카락을 움켜쥐었다. 며칠 전 어린이집에서 하원하는 길에 태율과 나눈 대화가 떠올랐다.

"엄마, 하준이는 생일 때 엄마 아빠랑 놀이동산 갔대."

"그래? 태율이도 생일 때 놀이동산 가고 싶어?"

"응."

"그럼 엄마랑 놀이동산 갈까?"

"엄마랑 아빠랑 같이."

"엄마랑 둘이 가도 재밌지 않아?"

"하준이는 엄마 아빠랑 갔대."

진희는 그렇게 대답하며 자신을 올려다보던 태율의 눈빛을 똑똑히 기억했다. 머리보다는 가슴에 콕 박히는 장면이었다. 태율을 위해서라면 뭐든지 다 해줄 거라고 다짐했는데, 아무리 애써도 혼자서는 해줄 수 없는 일이 존재했다.

죽도록 싫은 인간이라도 태율을 위해서라면 손을 뻗어야 했다. 친구 앞에서 아무 말도 못 하고 있을 태율의 모습이 훨씬 더 끔찍했으니까. 농구공만 한 한숨이 진희의 목구멍을 타고 올라왔다.

"다음 달 거 미리 당기는 거야. 놀이동산 갈 거니까 시간 비워놔."

진희의 말에 재성의 목소리는 금세 화색을 띠었다.

"내가 월요일, 화요일은 안 되고 수요일보다는 목요일이 좋거든? 금요일도 안 되는 건 아닌데……."

진희는 주먹으로 매트리스를 내리치며 재성이 나불대는 소리를 견뎌냈다.

7

"예리 씨, 이 차예요. 앞에 타세요. 십오 분이면 가요."

진희는 예리를 조수석으로 안내하고는 뒷좌석 카 시트에 태율을 앉혔다. 태율은 예리와 함께 집에 간다는 사실에 꽤 신이 났는지, 예리를 향해 손을 뻗으며 연신 누나, 누나 하고 불렀다.

어제 마트에서 함께 점심을 먹으면서 진희가 초대 얘기를 꺼냈다. 얼마 전에 한 번 말이 나왔지만, 예리는 숱한 밥 약속처럼 시간이 흐르다 보면 자연스레 잊힐 얘기라고 생각하고 있었다.

"지난번에 예리 씨한테 신세도 졌잖아요. 밥 사드리는 걸로만 끝내면 제가 아쉬울 것 같아요. 대단한 건 아니더라도 직접 대접하는 게 어떨까 싶어서요. 혹시 일요일에 농구 끝나고 어떠세요?"

구체적인 날짜까지 나온 마당에 거절하기 어렵기도 했고, 운동 끝나고 밥 챙겨 먹기도 귀찮았는데 겸사겸사 잘됐다 싶기도 했다. 물론 태율의 존재도 한몫했다. 예리는 고개를 끄덕였다.

"자, 그럼 출발해볼까요?"

운전석에 앉아 시동을 거는 진희도 즐거운 기색이었다. 예리는 집에 들어서기 전부터 환대를 받는 느낌이 꽤 마음에 들었다. 아주 오랜만에 존재한다는 것만으로도 제 몫을 해내고 있는 기분이었다.

"안전벨트 하셨죠?"

"아, 네."

"누나, 자고 가?"

태율이 뒷좌석에서 한껏 팔을 뻗었다. 예리가 뒤를 돌아보며 태율에게 물었다.

"태율이는 누나가 자고 갔으면 좋겠어?"

"응, 세 밤."

태율이 짧은 손가락 세 개를 힘껏 펴 보였다. 진희가 곧바로 태율에게 말을 건넸다.

"태율아, 누나 내일 출근해야 해. 누나 힘들면 안 되겠지? 그럼 태율이도 싫지?"

룸미러로 태율이 두 손을 꼼지락대는 모습이 보였다.

"태율이, 대답해야지?"

잠시 고민하던 태율이 시무룩한 목소리로 대답했다.

"네에."

예리는 태율의 뽀루퉁한 표정이 귀여워 웃었다.

세 사람은 금세 진희의 집에 도착했다. 진희는 거실에 들어서며 민망한 얼굴을 했다.

"죄송해요, 예리 씨. 애를 키우다 보니 집이 좀 어수선해요. 오늘 농구 하기 전에 태율이 데리고 나갔다 오느라 정리를 깜빡했네요. 잠깐만 앉아 계시겠어요?"

예리가 괜찮다고, 같이 정리하겠다고 장난감을 집어 들자 진희는 예리를 잡아 소파에 앉혔다.

"어유, 손님인데 무슨 소리예요. 좀만 쉬고 있어요. 금방 치우고 준비할게요. 김태율, 장난감들 방에 갖다 놓으세요."

 진희는 능숙한 손놀림으로 거실을 정리했다. 물건들은 금세 자리를 찾았고 인테리어 프로그램의 비포 애프터를 보듯 실시간으로 거실이 깔끔해졌다.

 어느새 주방으로 자리를 옮긴 진희는 가스레인지에 프라이팬과 냄비를 올려놓고 분주하게 요리를 만들었다. 중간중간 엄마를 찾는 태율을 적절하게 돌보는 것도 놓치지 않았다. 예리는 그 모습을 바라보며 진희는 사실 두 사람 이상일 것이라는 생각이 들었다. 코트 위에서 어정쩡하던 모습은 온데간데없고 프로처럼 현란하면서도 군더더기 없는 움직임이었다.

 마지막 요리까지 완성한 진희가 예리를 향해 물었다.

 "예리 씨, 혹시 술 마셔요?"

 식탁 위로 술을 거부하기 어려운 냄새가 가득 퍼졌다. 예리는 메뉴 선정 자체가 어느 정도 진희의 노림수가 아닌가 싶었다. 이 많은 걸 준비하느라 지칠 법한데, 진희의 눈은 아까보다 더 빛나고 있었다.

 생각해보니 술을 마신 지도 꽤 되었다. 취업 준비가 길어지다 보니 친구들을 만나는 자리도 일부러 피했고, 그렇다고 자취방에서 혼자 마시는 술을 즐기지도 않았다. 그 한 뼘 남짓한 공간에서 취하다 보면 왠지 더 어두운 곳으로 가라앉는 느낌이랄까.

"당연하죠. 마셔요."

답답한 자취방을 벗어나 오랜만에 사람 사는 집에 온 느낌이었다. 이런 분위기라면 마시고 나서도 기분이 나쁘지 않을 것 같았다.

"그럴 줄 알았어요. 잠시만요."

진희는 경쾌하게 냉장고로 가더니 냉장 칸이 아닌 냉동 칸을 열었다. 요리를 시작하기 전에 넣어둔 맥주병은 하얀 살얼음을 뒤집어쓰고 있었다.

가벼운 반주와 함께 식사를 마치고, 진희는 태율을 텔레비전 앞에 앉혔다. 가장 좋아한다는 영상을 틀어주자 태율은 자석으로 붙여놓은 듯 얌전히 앉아 영상에 몰입했다.

진희는 깨끗하게 치운 식탁 위에 안줏거리를 놓았다.

"태율이랑 같이 밥 먹느라 정신없었죠? 잠깐 유튜브한테 맡겨두고, 이제 편하게 마셔요. 싱거우면 조금 탈까요?"

"네?"

"소주요."

진희가 입을 살짝 가리고 웃었다.

"아, 좋아요."

예리도 싱긋 따라 웃었다. 진희는 잽싸게 소주를 꺼내왔다. 맥주잔에 소주를 조금씩 따라 붓고 둘은 잔을 부딪쳤다. 소주를 섞은 덕에 꿀떡꿀떡 넘어갔다.

"지난번에는 정말 우스운 꼴을 보였어요."

진희는 두 손으로 병을 잡고 예리의 빈 잔에 조심스럽게 술을 따라주었다.

"에이, 아니에요."

이번에는 예리가 진희의 잔에 술을 부어주었다.

고마워요, 아니에요 하는 대화가 몇 차례 더 오고 간 뒤에야 둘은 이제 그 일은 그만 잊자는 합의에 도달했다.

"언니는 원래 농구 좋아하셨어요? 어떻게 시작하셨나 궁금해서요."

"아, 전부터 운동을 시작해야겠다고 생각했거든요. 아무래도 아들을 키우다 보니 체력이 점점 달려서요. 한부모가정은 구민 체육 센터 할인도 되고, 마침 여자 농구 주말반이 생긴다고 해서 등록했어요. 어렸을 때 저희 아빠가 농구를 좋아해서 자주 같이 했었거든요. 태율이도 할아버지 피가 있는지 농구공을 좋아하기도 하고요. 운동 좀 열심히 해서 얼른 튼튼해지고 싶어요."

"벌써 효과 나는 것 같은데요? 첫 주보다 체력 좋아지신 게 눈에 보여요."

"그래요? 뭐, 조금 나아진 것 같기도 하고……. 육아하면서 진짜 체력이 첫째라는 생각을 많이 해요. 이혼하고 혼자 태율이 키우면서 이래저래 힘든 일이 많았는데, 몸부터 튼튼하지 않으면 얼마 못 가서 와르르 무너질 것 같더라고요. 근데 그러면 안 되잖아요, 제가 태율이 지켜야 하는데."

진희는 태율 쪽을 한 번 쳐다보고는 술을 쭉 들이켰다.

"아으, 저는요. 예리 씨만큼 날아다니고 싶어요. 부럽다, 이십 대 체력. 저는 이십 대 때도 저질 체력이긴 했지만."

"조금 있으면 저보다 체력 더 좋아지실 거예요. 엄청 열심히 하시잖아요."

"에이."

진희가 자신의 잔에 술을 따랐다.

"제가 따라드릴게요."

"괜찮아요, 서로 이만큼 따라줬으면 됐으니까 이제 양껏 알아서 마셔요. 더 필요하면 말씀하시고."

예리가 고개를 끄덕이고는 잔을 채웠다. 반쯤 채우고 술이 떨어지자, 진희가 냉장고에서 새 병을 꺼내 왔다.

"그럼 예리 씨는 어쩌다 시작한 거예요? 학생 때도 혜경 쌤 수업 들었다면서요."

"네, 중학교 2학년 때 센터에서 몇 달 열심히 배웠죠. 그때는 운동을 엄청 좋아해서 체대에 가려고 했는데, 어쩌다 보니 다 흐지부지됐어요. 인문계 진학하면서부터 운동이랑 점점 멀어졌고, 재수할 때는 아예 놔버렸고요."

"어유, 학원 다니느라 뭐 운동할 시간이나 있었겠어요?"

"지금 생각하면 핑계 같은데, 그때는 그랬네요."

"그럼 중학생 때 이후로 10년 만에 다시 시작한 거예요?"

"아, 대학교 1학년 때 교양 수업으로 잠깐 했었어요. 한참 쉬다가 농구공 잡으니까 엄청 좋더라고요. 대학 생활

중에 그 수업이 제일 재밌었어요."

"예리 씨는 농구를 진짜 좋아하나 보다."

"좋아하기도 좋아하는데, 뭐랄까…… 농구가 저한테는 도피처인 것 같아요."

"도피처요? 스트레스 해소?"

"네, 뭐 그런 것도 있고요. 농구를 하는 동안 잠깐이라도 현실을 잊는 거죠."

"그럼 이번 농구 수업도 도피처예요?"

"그런 것 같아요. 농구하고 있을 때가 일주일 중에 제일 마음 편하거든요."

"사람이라면 다 도망칠 곳이 하나쯤은 필요하죠. 그게 운동이든, 장소든, 아니면 뭐, 사람이 될 수도 있고."

"그런가요."

예리가 술을 홀짝였다.

"그럼요, 저도 맨날 도망치고 싶은데."

"언니도요?"

"어유, 어떤 날에는 하루에 몇 번씩 그래요."

"육아하는 거 많이 힘드시죠?"

"생각은 많이 해요. 어디가서 말은 못하고."

"저는 상상도 안 돼요. 일하면서 육아까지 하시고. 언니 진짜 대단하신 것 같아요."

진희는 손을 저었다.

"제가요? 애한테 제대로 해주는 것도 없는데요, 뭘."

"저는 혼자 살면서 일도 간신히 해요."

"에이, 충분히 잘하고 계신 것 같은데. 예리 씨 우리 마트 에이스잖아요. 저야말로 간신히 살아요. 오늘도 예리 씨 덕분에 겨우 숨 쉬는 거예요."

진희가 예리를 향해 잔을 내밀었다. 예리도 잔을 들어 툭 부딪쳤다.

밤 열한 시가 훌쩍 넘어서 예리는 택시비를 주겠다는 진희를 몇 번이고 말린 뒤에야 버스 정류장까지만 배웅을 받기로 했다.

차창 너머로 진희의 품에 안겨 눈을 비비고 있는 태율이 보였다. 이미 반쯤은 잠든 것 같았다. 예리는 진희와 태율을 향해 손을 흔들었다. 진희도 잠시 태율을 한 손으로 안고는 손을 흔들어 보였다.

예리는 집 청소를 하고, 요리를 하고, 태율을 돌보던 진희의 모습을 떠올렸다. 말로는 간신히 하는 거라고 했지만 예리가 보기에는 모든 게 능숙해 보였다. 예리는 자신이 진희와 같은 상황에 처했다면 그중 어느 것도 제대로 해낼 수 없을 것 같다는 생각이 들었다.

'내가 이 세상에서 제대로 할 줄 아는 게 하나라도 있으려나.'

지금껏 엄마가 가라는 길로만 쭉 걸어왔다. 그 길로 가면 실패하지 않을 거라고, 남들보다는 아니더라도 남들만큼은 살 수 있을 거라고 했다. 엄마 말처럼 예리는 어떤 것에서도 실패하지 않았다. 하지만 아직 어떤 것에서도 성공하지 못했고, 그런 자신의 모습에 혼란스러웠다. 실패도 성공도 하지 않고 그저 계속 걸어가는 게 남들처럼 사는 길인가?

예리는 지금 자신이 걷고 있는 게 아니라 도망치고 있다는 기분이 들었다. 11년 전 농구를 그만두고 체육 선생님이 되기를 포기했을 때부터 지금까지. 실패가 무섭다는 이유로 늘 갈림길에서 도망쳐왔다. 언제까지 도망쳐야 할까. 계속 이렇게 도망만 치다 보면 결국에는 뭐가 나오는 거지.

버스가 좌측으로 크게 꺾었다. 이질적인 감각의 커브

였다.

"이번 정류장은……."

예리는 안내 방송을 듣고서야 내려야 할 정류장을 세 개나 지나쳤음을 깨달았다. 서둘러 벨을 누르려다가 손을 내렸다. 어차피 내려봤자 자취방으로 향할 테고, 오늘은 술도 마셨겠다 자기소개서를 쓰기도 글렀다.

대로변이라 아직 가로등이 밝고 사람들도 많았다. 예리는 팔짱을 끼고 몸을 좌석에 더 깊이 파묻었다. 그대로 눈을 감고는 회차 지점에서 내려 밤바람이나 맞으며 천천히 걸어오자고 생각했다.

8

"나 태율이랑 사진 좀 찍어 줘."

재성이 진희에게 핸드폰을 내밀었다. 진희는 어쩔 수 없이 받아 들고는 적당한 위치에 서서 살짝 무릎을 굽혔다. 태율과 재성은 캐릭터 조형물을 양옆에서 껴안고 포즈를 취했다. 진희는 태율만 확대해서 찍고픈 마음을 꾹꾹 눌렀다. 바람에 흔들리는 재성의 머리띠는 정말이지 당장이라도 부러뜨리고 싶었지만, 머리띠가 잘리도록 사진을 찍는 것으로 만족해야 했다.

"다 찍었어?"

재성의 말에 진희는 대꾸도 하지 않고 핸드폰을 내밀었다. 최대한 못나 보이는 각도로 찍었건만, 재성은 잘 나왔다고 히죽히죽 웃었다.

"셋이 같이 찍을래?"

"됐어. 태율아, 이리 와봐. 엄마랑 셀카 찍자."

"내가 찍어줄게. 가서 서봐."

"셀카가 잘 나와."

진희는 태율의 볼에 자신의 볼을 착 붙이고 열심히 셔터를 눌렀다. 태율에게 뽀뽀를 했다가, 자신에게도 뽀뽀해달라고 볼을 내어주기도 했다. 비슷한 자세로 열다섯 장을 찍었지만, 진희는 한 장도 지우지 않았다. 태율의 반쯤 눈을 감은 얼굴도, 흔들린 얼굴도 진희의 눈에는 한없이 예쁘기만 했다.

진희는 태율을 유아 전용 놀이기구에 태우고는 벤치에 앉았다. 타원형 레일 위를 천천히 도는 자동차 모양의 기구였다. 재성도 진희가 앉은 벤치로 와서 앉았다. 진희는 재성과 최대한 떨어지고 싶어 난간 가까이에 바짝 몸을 붙였다.

놀이기구 근처로 많은 가족이 지나다녔다. 아이들은

엄마와 아빠의 얼굴을 번갈아 쳐다보며 방긋방긋 웃었다. 진희는 그 모습을 지켜보며 속이 쓰렸다. 다른 가족에게는 당연한 모습이 진희에게는 가짜로 꾸며내야 하는 연극이었다. 태율도 머지않아 자신의 상황이 친구들과 어떻게 다른지 깨닫게 될 것이다. 진희는 그날이 천천히 찾아오기를, 그때 태율이 너무 아파하지 않기를 바라는 수밖에 없었다.

태율은 기구가 한 바퀴를 돌고 나타날 때마다 손을 흔들었다. 진희는 할 수 있는 한 가장 밝은 표정으로 웃어 보였다.

"저기, 진희야."

재성이 슬쩍 옆으로 다가왔다.

"가까이 오지 마."

"아니, 할 말이 있어서 그래."

"그냥 거기서 해. 다 들리니까."

진희는 고개만 살짝 돌려 재성을 쏘아보았다.

"저번에 마트에서 만난 날, 그때 하려다가 못한 말인데……. 우리 언제까지 이렇게 살 수는 없지 않겠어?"

"무슨 뜻인데?"

"태율이를 위해서라도 우리 다시 합치는 거 생각해보자."

"뭐?"

진희의 표정이 완전히 굳었다.

"지금이라도 재결합하면 태율이도 이질감 없이 받아들일 거야. 그냥 엄마 아빠가 잠깐 떨어져 지냈나 보다 하겠지. 나중에는 기억도 못 할걸?"

"아, 그 여자한테 차였나 보네?"

"나도 고민해서 꺼내는 말인데 진지하게 좀 들어. 그 여자랑은 원래부터 그런 관계도 아니었다니까."

재성이 눈을 크게 뜨고 억울하다는 표정을 지었다.

"애까지 두고……."

그때 태율이 나타나 손을 흔들었다. 진희는 금세 표정을 바꿔 환한 얼굴로 손을 흔들어주었다. 태율이 멀어지자 진희의 표정은 가면극 배우보다 더 빠르게, 더 극적으로 변했다.

"애까지 두고 바람을 피웠으면서 진지한 관계가 아니었다고? 그걸 믿으라는 거야?"

"그 일은 내가 진짜 미안해. 정말 백 번 천 번 미안해.

나도 마음 같아서는 당신 눈에 영원히 띄지 않고 사죄하는 마음으로 살고 싶어. 근데 태율이는? 태율이는 어떡해? 아빠 없는 자식으로 키울 거야?"

그 말을 하면서 재성은 진희의 바로 옆까지 다가왔다. 이미 벤치 끝에 앉아 있던 진희는 자리를 박차고 일어났다.

"너는 이럴 때만 아빠 타령이지?"

"내가 없는 말 해? 천륜을 어떻게 끊어."

"그래서 한 달에 두 번씩 꼬박꼬박 만나게 해주잖아. 내가 약속 어긴 적 있어?"

"그걸로 어떻게 충분하겠어? 부모랑 자식은 매일 살 부대끼며 살아도 모자랄 판인데."

"그 두 번도 얼마나 치가 떨리는 줄 알아?"

진희의 주먹이 바들바들 떨렸다.

"한 달에 두 번 보는 게 제대로 된 가족이야?"

재성도 자리에서 벌떡 일어났다.

"네가 그런 말 할 자격이 있어? 이 꼴을 만든 게 누군데?"

"이미 지나간 일은 내가 다 미안하다고. 근데 계속 이렇게 사는 게 태율이한테 뭐가 좋은데?"

"자꾸 태율이 핑계 대지 마. 너 없어도 태율이 인생 아무런 문제 없어."

"앞으로도 그럴 것 같아? 너 혼자 벌어서 얼마나 해줄 수 있을 것 같은데? 내가 보내주는 양육비 없으면 당장 빠듯하잖아."

"너 진짜 사람이길 포기했구나? 못 하는 얘기가 없네. 근데 착각 좀 하지 마. 네가 지금까지 보내준 돈 한 푼도 안 건드리고 있으니까. 나는 그 돈 절대 안 써. 태율이 내 힘으로 키워. 네 돈은 그대로 가지고 있다가 태율이한테 고스란히 전해줄 거야. 됐고, 이러다 태율이가 못 볼 꼴 보겠다. 얘기 끝내. 네가 최소한 아빠라면 오늘 태율이 슬프지 않도록 아빠 노릇이나 잘해. 헛소리 지껄이지 말고."

진희는 힐끔 놀이기구 쪽을 쳐다봤다. 코너를 돌아 태율의 모습이 보이기 시작했다. 진희는 놀이기구 펜스 쪽으로 다가가 태율에게 크게 박수를 쳐주었다.

"태율아! 엄마 여기 있어! 잘 탄다, 우리 아들!"

"왜 마음대로 얘기를 끝내?"

재성이 다가와 진희의 팔뚝을 잡았다. 진희는 곧장 손을 쳐냈다.

"똑같은 수법에 두 번 안 당해. 다음 달에는 태율이 볼 생각하지 마."

"그건 또 무슨 소리야? 한 달에 두 번은……."

"지난번에 약속일 어기고 막무가내로 찾아왔던 거 변호사한테 말해서 아예 못 보게 하는 수가 있어. 마지막 경고야."

"무슨 또 큰일이라고 변호사한테……."

"내가 연락 못 할 것 같아?"

진희의 눈빛이 재성의 얼굴을 지질 듯이 타올랐다. 재성은 무어라 반박을 해보려고 입술을 꿈틀거렸지만 결국 입을 다물 수밖에 없었다.

*

진희가 고등학교 3학년 때, 긴 가출 생활을 즐기다 잠깐 집에 돌아온 엄마가 진희에게 이런 말을 한 적 있었다.

"네 팔자 아버지 팔자다."

아빠와 한바탕 다투더니 책상에 앉은 진희에게 와서 맥락도 없이 뱉은 말이었다. 따라 들어온 아빠가 버럭 소리를 질렀다.

"애한테 할 말이 있지!"

엄마는 대꾸도 하지 않고 그대로 현관문을 나섰다.

"네 엄마 말 전부 헛소리다. 신경 쓸 필요 없어."

신경 쓰지 말라는 아빠의 얼굴은 어느 때보다 어두웠다.

"절대로 신경 쓰지 마. 괜히 자기 성에 못 이겨 쓸데없는 소리 하는 거니까."

알았다고 대답해도 아빠는 몇 번이고 같은 말을 반복했다. 아빠의 얼굴은 뻘겋게 달아올라 있었고, 덥지도 않은 날씨인데 윗옷 목 부분을 잡고 펄럭이며 연신 부채질을 했다. 무엇에 쫓기기라도 하는 것처럼 초조한 동작이었다.

"하던 공부 마저 해. 잠시 나갔다 올게."

집을 나선 아빠는 저녁 시간을 한참 넘길 때까지 돌아오지 않았다. 집에 혼자 남은 진희의 귓가에는 계속 엄마의 목소리가 맴돌았다. 귀에 가래침을 맞기라도 한 것처럼 팔자라는 말이 더럽고 찐득하게 붙어버렸다.

진희는 아빠의 팔자라는 것에 대해 생각했다. 엄마한테 질질 끌려다니면서도 끊어낼 줄 모르는 미련함, 언제까지고 반복될 비극, 스스로 만든 감옥, 그게 지금껏 진희가 지켜봐온 아빠의 팔자였다. 진희는 결코 그렇게 살고 싶지 않았다. 그 팔자가 자신에게 슬쩍 손이라도 뻗는 날이 온다면 갈기갈기 찢어서 끊어버리겠다고 다짐했다.

재성과 결혼을 결심하게 됐을 때, 진희는 재성에게 딱 하나만 약속해달라고 했다.

"절대 바람은 피우지 마. 바람 피우면 바로 끝이야. 두 번째 기회 같은 건 없어. 원 스트라이크에 영원히 아웃이야. 다른 여자한테 마음이 생기면 차라리 먼저 말해, 괜히 들키지 말고. 그럼 내가 좋게 끝내줄 테니까."

"내가 자기를 두고 왜 바람을 피워. 걱정하지 마. 약속할게."

그때 재성은 한껏 억울한 표정을 지으며 새끼손가락을 내밀었다. 그랬던 재성이 결국 외도를 저질렀을 때, 진희의 머릿속에는 팔자라는 말이 제일 먼저 떠올랐다. 엄마가 남긴 것은 저주였다. 독을 잔뜩 바른 그 말이 기어이 현실로 나타났다. 그날 아빠의 표정이 그렇게까지 어두웠던 이유도 저주에 대한 두려움이 아니었을까. 오래전 다짐처럼 진희는 지체 없이 이혼 절차를 밟았다.

이혼할 때도 진희는 재성에게 딱 하나만 약속해달라고 했다.

"너 바람 피운 거, 아빠한테 절대 말하지 마. 준비되면 내가 알아서 말할 테니까. 마지막이야, 이번에는 약속 꼭 지켜."

진희가 아빠에게 이혼 사유를 감추고 싶었던 건 아빠에게까지 저주의 실현을 알리고 싶지 않아서였다. 사실대로 알게 됐다가는 자기 팔자 딸에게까지 물들였다고 자책하겠지. 그런 모습은 보고 싶지 않았다. 그때는 그것까지 감당해낼 자신이 없었다.

재성은 그다지 미안한 기색도 없이 덤덤한 표정으로 고개를 끄덕였다. 이번에는 새끼손가락을 내밀지 않았다. 진희는 아무렴 상관없었다. 그렇게 손가락에 힘을 가득 줘놓고도 약속을 지키지 않은 인간이었으니까. 진희는 약속 대신 인간이라면 가지고 있을 최소한의 염치를 믿어보기로 했다.

그날의 가족 행세는 저녁까지 이어졌다. 진희는 오후쯤이면 태율이 지치겠지 싶었지만 아이의 체력은 언제나 상상을 초월했다. 같은 놀이기구를 몇 번씩 타면서도 매번 처음 타는 것처럼 온몸으로 즐겼다. 진희는 태율의 기대를 저버리지 않기 위해 있는 힘껏 리액션 했지만, 태율이 다섯 번 연속으로 같은 놀이기구를 탔을 때는 거의 포기하기 직전이었다. 한 번 더 타고 싶다는 태율을 말리기 위해 추로스 두 개로 꼬셔야 했다.

저녁 식사까지 함께 먹고서야 태율이 칭얼대기 시작했다. 평소였다면 품에 파고드는 15킬로그램을 받아내는 일이 꽤 힘들었겠지만, 오늘은 그만큼 반가울 수가 없었다.

진희는 태율을 뒷좌석 카 시트에 앉혔다. 주차장까지 오는 사이 태율은 이미 잠들어버렸다.

"이제 가. 아까 말했던 거 잊지 말고. 저번처럼 또 막무가내로 찾아왔다가는 다시는 태율이 못 볼 줄 알아."

"아니, 진희야. 그래도……."

"나한테도 쓸데없이 연락하지 말고. 다다음 달까지 차단해둘 거니까."

진희는 운전석에 몸을 싣고는 차 문을 힘껏 닫았다. 재성이 유리창을 두드렸지만 진희는 아랑곳않고 시동을 걸었다.

얼마 전 예리와 나눴던 대화가 떠올랐다. 간신히 해내고 있다는 말. 진희에게는 오늘 하루도 '간신히'였다. 기쁜 마음이어야 할 아이의 생일이 어떻게든 간신히 버텨내야 하는 고문이 되었다. 언제쯤 '간신히'에서 '너끈히'로 바뀌게 될지. 오늘은 핸들조차 무겁게 느껴졌다.

9

 진희가 마트에서 아빠의 전화를 받은 것은 태율의 생일로부터 일주일이 지난 뒤였다.

"바빠? 전화 괜찮아?"

"예, 뭐. 잠깐 괜찮아요. 무슨 일이세요?"

아빠는 "그, 저기……" 하면서 뜸을 들였다.

"시간 별로 없어요. 뭔데요?"

"요즘 김 서방이랑 연락 잘 안 해?"

"그 인간이랑 내가 연락할 일이 뭐가 있어요."

"그래도 태율이가 있는데 필요하면 연락도 좀 주고받

고 그래야지."

"필요한 일 있으면 알아서 할게요. 그 말씀 하시려고 전화하신 거예요?"

"그게, 김 서방이 너랑 연락이 통 안 된다길래. 내가 걱정돼서 전화 한번 해본 거야."

"그 인간이 아빠한테 연락을 했어요?"

방금까지 벤치에 앉아 전화를 받던 진희가 벌떡 일어났다. 자신도 모르게 목소리가 커진 탓에 주변에서 쳐다보는 게 느껴졌다.

"응, 연락 얘기도 그렇고 나한테 긴히 논의할 일이 있다나……. 그래서 한번 찾아오겠다고 하네."

"그 인간이 뭐 하러 아빠를 찾아가요? 절대로 만나지 마세요."

진희는 도무지 목소리를 낮출 수 없었다. 사람들의 시선을 피하기 위해 주차장 구석으로 서둘러 자리를 옮겼다.

"못 볼 사이도 아닌데, 뭐. 얼굴 본 지도 오래됐고 한번 봐서 나쁠 거 없지. 김 서방이 너랑 다시 합치고 싶다고 하면 내가 중간에서 도움이 될 수도 있고……."

"아빠!"

진희가 핸드폰에 대고 소리를 질렀다.

"왜 자꾸 제 일에 신경을 쓰세요? 알아서 한다고 했잖아요. 진짜 왜 그러시는 거예요, 도대체……."

진희는 아스팔트 바닥에 발을 팍팍 굴렀다. 손에 쥔 핸드폰을 그대로 으스러뜨리고 싶은 심정이었다. 아빠는 얕은 헛기침만 할 뿐 말을 잇지 못했다.

진희가 가슴팍을 쓸어내리며 서너 차례 심호흡하고는 차분하게 물었다.

"그 인간이 언제 온다고 했는데요?"

"오늘 휴무라고……."

"오늘이요?"

차분해지려는 노력은 두 마디를 채 넘기지 못했다.

"아까 출발한다고 했으니까 한 시간 내로는 도착하지 싶은데……."

진희는 곧장 전화를 끊고 시계를 확인했다. 얼마 후면 퇴근하고 태율을 하원시킬 시간이었다.

'김재성 그 인간은 타이밍을 잡아도 하필 지금!'

재성은 이혼 후에 한 번도 아빠에게 연락한 적이 없었다. 이제 와서 연락하는 이유는 불 보듯 뻔했다. 재결합 제안이 대차게 거절당했을 뿐만 아니라, 자칫 태율마저 못 보게 될 판국이니 최후의 발악을 해보려는 셈이겠지.

이혼 얘기가 나왔을 때, 아빠는 진희를 끈질기게 설득했다. 아직 학교도 못 간 아이가 있는데 부모가 갈라서서는 안 된다, 태율이를 생각해서라도 둘이 얘기를 잘 나눠봐라, 부모 한쪽이 없으면 애한테 그늘 든다……. 아마 재성에게도 똑같은 말을 했을 것이다. 이혼을 그토록 반대하던 아빠였으니 지금 재성에게는 아빠 쪽을 찾아가 한껏 불쌍한 척을 하는 게 유일한 방법일 것이고.

진희는 아빠 앞에서 태율의 이름을 들먹거릴 재성의 얼굴이 훤했다. 자신이 바람을 피웠다는 것을 사죄랍시고 다 털어놓고는 두 번 다시 그런 일 없이 태율을 잘 키우겠다는 약속을 할 인간. 김재성은 그러고도 남을 인간이었다. 연애부터 결혼까지 함께한 9년보다 이혼 후에 겪은 지난 1년간 진희는 재성에 대해 더 많은 것을 알게 되었다. 지금 생각하니 태율의 하원 시간에 맞춰 아빠를 찾아가는 것도 치밀한 계산임이 틀림없었다.

어떻게든 그 인간의 입에서 외도 얘기가 나오는 것은 막아야 했다. 아직은, 아직은 알릴 때가 아니었다. 우선 자신부터 언제 떠올려도 따끔거리지 않을 만큼 다 소화하고 나면, 안줏거리로 가볍게 툭 꺼낼 수 있을 만큼 익숙해지고 나면 그때 직접 말하려고 했다. 팔자 때문이 아니라 그냥 내가 사람을 잘못 고른 거라고. 이제는 아무렇지도 않으니 아빠도 너무 마음 쓰지 말라고. 그래야 아빠도 덜 아프게 받아들일 수 있을 터였다.

문제는 태율의 하원이었다. 오늘은 어린이집 야간 보육이 없는 날인데다가 당장 시터를 구하기에는 시간이 부족했다. 핸드폰을 손에 쥐고 전전긍긍하던 진희는 결국 연락처 앱을 열었다.

이래도 되나 망설일 시간도 아까웠다. 진희는 전화 버튼을 꾹 눌렀다.

"진희 언니?"

전화를 받은 사람은 예리였다.

"예리 씨, 안녕하세요. 잘 쉬고 계셨어요? 오늘 휴무 맞죠? 쉬는 날인데 죄송해요. 정말 죄송한데, 제가 사정이 급해서 부탁 좀 하려고 전화했어요. 지금 집에 있어요?"

빙빙 말을 돌려가며 체면을 차릴 여유도 없었다.

"네, 집이에요. 무슨 일이세요?"

"혹시 괜찮으면 태율이 하원시키고 몇 시간만 저희 집에서 봐주실 수 있어요? 정말 급한 일이 생겼는데, 따로 부탁할 데가 없어서요. 이런 일로 예리 씨한테 전화해서 정말 죄송해요. 시터 비용은 제가 두 배로 사례할게요."

태율을 믿고 맡길 수 있는 사람, 태율도 아무런 거부감 없이 따를 수 있는 사람은 당장 예리뿐이었다.

"아, 하원 시간이 언제예요?"

"이십 분밖에 안 남았어요. 제가 어린이집에 부탁해서 일이십 분 정도는 늦출 수 있어요. 너무 급하게 부탁드려 죄송해요. 괜찮으시겠어요?"

예리는 시간을 확인했다. 버스만 바로 탄다면 무리가 될 시간은 아니었다. 눈앞의 자기소개서는 몇 시간째 백지 상태였다. 더 앉아 있다고 해서 갑자기 글이 나올 것 같지는 않았다.

"네, 준비해볼게요. 걱정 마세요. 어린이집 쪽에 말씀만 좀 해주세요."

"고마워요, 예리 씨. 제가 필요한 일은 좀 이따 메시지로 남겨드릴게요. 서너 시간쯤이면 될 것 같아요. 최대한 빨리 끝내고 올게요. 정말 고마워요!"

진희는 전화를 끊자마자 주차장으로 달려가 차에 시동을 걸었다. 재성을 앞지르기 위해서는 서둘러야 했다. 빈틈이 생기는 차선으로 파고들고 신호에 걸리지 않기 위해 필사적으로 액셀을 밟았다. 분명 과속카메라 두세 대쯤에는 걸렸을 것이다.

하지만 그런 노력에도 퇴근 시간과 맞물린 혼잡한 도로를 죄다 뚫을 수는 없었다. 꽉 막힌 도로 위에서 진희는 주먹으로 핸들을 내리쳤다.

"좀 가라, 좀!"

육차선도로를 가득 메운 차들의 브레이크등처럼 진희의 속이 빨갛게 들끓었다. 정체 구간을 지나 아빠의 동네로 접어들었을 때는 이미 저녁 일곱 시에 가까워져 있었다.

진희는 주차장에 차를 대놓고 허겁지겁 아빠의 집으로 올라갔다. 숨을 가다듬을 틈도 없이 문을 쾅쾅 두드렸다. 땀이 목덜미를 타고 끈적하게 흘렀다. 잠시 뒤 현관문이 열렸을 때, 진희의 눈에 아빠보다 먼저 들어온 건 현관에 놓인 신발이었다. 이미 늦었다. 아빠의 어깨 너머로 소파에 앉아 있는 재성의 얼굴이 보였다.

"진희야, 김 서방 말이 다 무슨 말이냐?"

아빠는 맨발로 현관에 서서 진희의 팔을 잡았다. 아빠의 손바닥에는 땀이 한가득 맺혀 있었다.

"만나지 말라고 했잖아요."

"아니, 너한테 들은 얘기랑 달라서 그래. 응?"

아빠의 눈이 떨리고 있었다. 저 염치도 없는 인간이 벌써 다 지껄였구나.

"이미 들으셨잖아요. 이렇게 듣고 나니까 속 시원하세요?"

"네가 그때 너 이혼하는 건 두 사람 성격 차이 때문이라고……."

"그니까 내가 저 인간 전화 받지도 말고 만나지도 말라고 했잖아요. 아빠 딸도 같은 팔자라서 속상해요? 내가 아빠 그렇게 사는 거 답답하고 원망스러워서 절대 그렇게는 안 살려고 했는데, 엄마 말대로 팔자는 팔자인가 봐요."

진희 자신도 그 말을 자기 입으로 하게 될 줄은 몰랐다. 저주란 건 그렇게 지독했다. 지난 1년간 진희의 이성을 간신히 통제하고 있던 끈이 끊어져버렸다.

"그래도 나는요, 적어도 아빠랑 똑같은 사람은 안 되려고 이혼한 거예요, 알아요? 나는 저딴 인간이랑은, 엄마 같은 인간이랑은 일 초도 같이 못 살아요!"

소파에 앉아 있던 재성이 움찔했다.

"그놈의 팔자라는 게 진짜 있다면, 적어도 태율이한테 까지는 옮겨 가지 말라고 싹둑 잘라버린 거예요. 내가 한 달에 두 번 저 인간한테 태율이 맡길 때마다 어떤 생각이 드는지나 알아요? 나는 일 초도 안 편해요. 우리 태율이, 저 인간 품에 안겨 있는 게 치가 떨려서! 태율이 지금보다도 더 어릴 때, 말도 제대로 못 할 때 저 인간이 한 짓을 상상이나 한번 해봐요. 나는 절대 아빠처럼 안 살 거고, 태율이도 아빠처럼 안 키워요. 내 가족은 이 집구석처럼은 절대 안 만든다고요!"

내 가족과 이 집구석. 한때는 오직 둘뿐이었던 관계가 그렇게 찢어지고 말았다. 내 가족에 아빠의 자리는 없었고, 이 집구석에 홀로 남은 아빠는 숙인 고개를 들지 못했다.

"김재성, 너는 진짜 부끄러운 줄 알아. 그 짓거리를 하고도 다시 기어들어 오겠다고 여길 찾아와? 태율이 핑계 대면서 아빠한테 죄송하다고 하면 아빠가 나를 설득이라도 해줄 줄 알았어? 내가 이혼할 때 약속 딱 하나만 지켜

달라고 했잖아. 너는 결혼할 때도 그렇고 지금도 그렇고 도대체 지키는 게 뭐야? 면접교섭이고 나발이고 다시는 태율이 볼 생각 하지 마. 내 인생에도, 태율이 인생에도 너는 티끌만큼도 필요 없어. 나중에 태율이도 네가 한 짓 다 알게 될 거고 그때는 너를 원망하고 저주하게 될 거야. 그런 부모로 사는 게 어떤 건지 똑똑히 느껴봐."

재성이 발끈했는지 소파에서 일어나 현관으로 성큼성큼 걸어왔다.

"태율이한테 내가 필요 없을 것 같아? 나 안 찾을 거 같아? 너나 착각하지 마. 너 혼자 낳은 아이 아니야. 태율이 아빠 없는 아이로 키우면 뭐가 좋을 것 같은데? 그게 태율이를 위하는 거야? 그거 네 욕심이야. 너 혼자 뭘 얼마나 해줄 수 있는데? 잘해봐야 반쪽이라고, 반쪽!"

"헛소리하지 마, 네가 있으면 그 반쪽도 안 되니까."

진희는 뒤돌아 나가며 현관문을 세차게 닫았다.

"야, 용진희! 아버님, 이거 어떻게 여는 거예요? 예?"

재성은 한껏 열이 오른 데다가 익숙지 않은 잠금장치 때문에 문을 열고 나오지 못했다. 진희가 엘리베이터를 탈 때까지 문고리에서는 철컥철컥 거친 쇳소리만 요란할

뿐이었다.

　지하주차장으로 내려온 진희는 차 시동을 걸었다. 엔진 소리와 함께 눈물 한 방울이 뚝 떨어졌다. 지금 속에서 끓고 있는 감정을 고작 눈물로밖에 표출할 수 없다는 사실이 분했다. 불줄기가 뿜어져 나와도 모자랐다. 꼭 눈물이어야 한다면 차 유리를 다 깨뜨릴 만큼 콸콸 쏟아져야 했다.

　진희는 두 손으로 핸들을 꽉 쥐었다. 이따위 눈물이라면 흘릴 가치도 없었다. 핸들을 쥔 손이 파들파들 떨렸다. 눈앞에 두꺼운 사각 콘크리트 기둥이 보였다. 액셀을 있는 힘껏 때려 밟아 저 기둥으로 돌진하고 싶다는 충동이 일었다. 불줄기도 폭포수도 쏟아낼 수 없다면 차라리 산산이 부서지고 싶었다. 그래야만 가슴에 응어리진 분노를 떨칠 수 있을 것 같았다. 기어봉에 손을 얹고 기어를 D로 올렸다. 브레이크 페달에 놓은 발을 옆으로 슬쩍 옮기기만 하면 됐다.

　"아아악!"

　목이 갈라지도록 괴성을 질렀다. 계기판 옆에 붙여놓은 태율의 사진이 아니었다면 정말로 기둥을 향해 액셀을 밟았을 것이다. 진희는 떨리는 손으로 핸들을 꺾고, 액셀 위에 발을 올렸다. 기둥 대신 주차장 출구 방향으로 천천히 속도를 올렸다.

주차를 마친 진희가 엘리베이터를 타고 집으로 올라갔다. 여기까지 오는 동안 고가 도로에서 바깥쪽으로 핸들을 확 꺾는다거나 반대 차선에서 오는 덤프트럭에 달려들고 싶은 충동과 싸우느라 어떻게 차를 몰고 왔는지 기억이 나지를 않았다. 엘리베이터를 타고 올라가면서도 머릿속이 한껏 엉킨 느낌이었다.

엘리베이터 문이 열리고 익숙한 현관문이 나타났다. 그 순간, 방금까지 자신을 사로잡았던 감정이 저 뒤로 밀려나는 것을 느꼈다. 사방에서 부는 바람처럼 태율에 대한 걱정과 예리에 대한 미안함이 몰아쳤다. 진희는 서둘러 도어록 커버를 올리고 비밀번호를 눌렀다.

"예리 씨, 저 왔어요!"

아무런 반응이 돌아오지 않았다. 거실은 잔뜩 어질러져 있었고, 싱크대에는 설거짓거리가 그대로 쌓여 있었다. 진희는 조심스럽게 신발을 벗고 살금살금 거실 쪽으로 발을 디뎠다. 텔레비전에서는 유튜브 광고가 흘러나오고 있었는데, 광고 음성 사이로 얕게 코를 고는 소리가 들렸다.

"예리 씨?"

소파에는 예리가 쿠션을 껴안은 채 자고 있었다. 도둑이 들었나 싶어 잠시나마 두근거렸던 진희의 가슴이 가라앉았다. 진희는 예리가 깨지 않도록 발뒤꿈치를 들고 태율의 방으로 향했다. 소리를 죽여 살살 방문을 열었다.

태율은 평소처럼 곤히 자고 있었다. 침대로 다가가 가만히 들여다보니 새근새근 숨소리가 귀에 닿았다. 당장이라도 품에 안고 싶었지만 세상 평화롭게 잠든 모습에 만족해야 했다. 진희는 천천히 몸을 일으켰다. 무릎에서 뚝 소리가 나는 바람에 잠시 놀랐지만, 태율은 미동도 하지 않았다. 역시 한번 잠들면 업어 가도 모를 아이였다. 진희는 뒷걸음질로 살금살금 나와 문을 조용히 닫았다.

방에서 나온 진희는 다시 예리 쪽으로 다가갔다. 허리를 숙이고 조심스럽게 예리의 얼굴을 살폈다. 마구 헝클어진 머리카락 사이로 피곤한 기색이 비쳤다. 진희는 바닥에 떨어진 담요를 집어 예리에게 살포시 덮어주었다. 웅크린 몸

위로 담요까지 덮으니 그 모습이 꼭 아이 같았다.

'스물여섯이랬지.'

같은 곳에서 일하다 보니 잠시 예리의 나이를 잊고 있었다. 진희와는 딱 열 살 차이였다. 지금 와서 스물여섯의 날들을 떠올려보면 젊다 못해 어리다는 생각까지 들었다. 그런 예리에게 마트에서 도움을 받고 이제는 하원에 육아까지 맡기다니. 이 순간 자신이 열여섯만큼이나 작아진 기분이 들어 다리 힘이 툭 풀렸다. 더 이상 서 있을 수 없어 녹아 흘러내리듯 식탁에 가서 앉았다.

운전하는 내내 꽉 눌러두었던 눈물이 주룩주룩 흘렀다. 소리가 새는 걸 막기 위해 입을 틀어막았지만 손가락 틈을 뚫고 끅끅 소리가 났다. 애써 버티고 있던 기둥이 하나씩 무너지는 기분이었다.

진희는 태율을 위해서라면 언제까지고 버틸 수 있다고 생각했다. 늘 위태롭고 휘청대며 간신히 서 있을지라도 결코 무너지지는 않을 것이라 믿었다. 나에게는 태율이 있고, 엄마는 세상에서 제일 강한 존재니까.

하지만 지금 식탁에 엎드려 울고 있는 모습은 전혀 강해 보이지 않았다. 모든 엄마가 강한 것은 아니었다. 진희에게 지난 1년은 그 사실을 절실히 깨닫는 과정이었다. 자신의 힘으로 해줄 수 있는 게 한 줌도 되지 않았다. 퇴근 후에는 피곤해서 잘 놀아주지도 못하고, 심지어 짜증을 내는 날도 있었다. 저렇게나 작고 천사 같은 아이에게 소리를 지르고 매서운 눈빛을 보냈다. 그런 장면들을 떠올릴 때면 엄마로서 최소한의 자격도 갖추지 못했다는 무능감을 느꼈다.

일하는 동안에는 태율을 어린이집과 시터에게 맡겼다. 가끔은 아빠에게 맡기기도 했다. 오늘은 육아 경험도 없는 예리에게까지 태율을 맡겼다. 따지고 보면 제 손으로 돌보는 시간보다 다른 사람 손에 맡기는 시간이 더 많은 것도 같았다. 그렇다고 태율에게 좋은 것을 마음껏 해줄 수 있을 만큼 돈을 많이 벌지도 못했는데.

'그게 태율이를 위하는 거야? 너 그거 욕심이야.'

'너 혼자 뭘 얼마나 해줄 수 있는데?'

'잘해봐야 반쪽이야.'

반쪽.

반쪽. 반쪽. 반쪽. 반쪽. 반쪽.

재성의 목소리가 질책을 해댔다. 진희의 귓가에는 이

제 엄마가 남긴 저주에 재성의 조소까지 들러붙었다.

"언니?"

잠에서 깬 예리가 진희의 형체를 알아보는 데는 시간이 조금 걸렸고, 진희가 울고 있다는 사실을 깨닫는 데까지는 조금 더 시간이 걸렸다.

"괜찮…… 으세요?"

진희는 식탁 쪽으로 걸어오는 예리를 보고는 옷소매로 눈가를 닦았다.

"아, 예리 씨 깨셨구나. 죄송해요."

진희는 흐느낌을 가라앉히기 위해 후 하고 여러 번 크게 숨을 내쉬었다.

"아니에요, 괜찮아요. 언니, 여기."

예리는 휴지를 한 움큼 뽑아 진희에게 내밀었다.

"고마워요."

진희는 휴지 뭉치로 눈가를 두드리고는 다시 심호흡했다. 감정이 이제야 조금씩 진정되기 시작했다.

"예리 씨한테 또 우스운 꼴 보이네요, 정말."

"그런 말씀 하지 마세요. 무슨 일 있으셨어요?"

예리가 진희의 맞은편에 있는 의자를 빼서 앉았다. 진

희는 입을 앙다물고 고개를 저었다.

"태율이는 보셨어요? 한 열 시쯤 잠들었어요. 재우고 나서 저도 소파에서 잠깐 쉬어야지 했는데, 잠든 줄은 몰랐어요. 언니 들어오시는 소리도 못 들었고요."

예리가 겸연쩍은 표정을 지었다.

"힘들진 않았어요?"

"처음 해보는 거라 좀 그렇긴 했는데, 언니가 보내주신 메시지 보면서 하니까 큰 문제는 없었어요. 아, 그러니까 제가 보기에는요. 태율이 얘기도 들어봐야겠지만."

예리의 얼굴이 조금 붉어졌다.

"태율이야 안 다치고 잘 놀았으면 됐죠. 싱크대 보니까 밥도 잘 먹은 것 같고요. 예리 씨가 고생 많았어요, 쉽지 않았을 텐데."

"태율이 체력이 상상 이상이더라고요. 아까 놀아주다가 제가 먼저 지쳤잖아요."

"애들 체력은 못 이겨요. 태율이가 땡깡 부리지는 않았어요?"

"네, 전혀요. 엄마가 잠깐 일 생겨서 늦는다고 하니까 금방 알았다고 하더라고요. 엄마 보고 싶다고 칭얼대지도 않고 저랑 잘 놀았어요."

"다행이에요. 태율이가 예리 씨 진짜 좋아하는 것 같아요."

"태율이랑 저랑 수준이 딱 맞나봐요."

"에이."

예리의 말에 진희가 가늘게 웃었다. 둘 사이에 잠시 침묵이 흐르는 사이, 예리 배에서 꼬르륵 소리가 났다.

"태율이 챙기느라 식사 못 하셨구나. 밥이라도 먹고 가요."

"아니에요, 괜찮아요. 언니도 피곤하실 텐데."

예리가 당황해서 손을 저었다.

"밥이랑 반찬 몇 개만 데우면 돼요. 먹고 택시 타고 가요. 오늘은 진짜 택시비 받아주셔야 해요."

진희는 곧장 눈물 젖은 휴지 뭉치를 집어 들고 식탁에서 일어났다.

"진짜 괜찮은데……. 그럼 진짜 간단하게만 부탁드릴게요. 감사합니다, 언니."

핸드폰을 보니 막 열한 시가 넘어가고 있었다. 예리는 점심 이후로 열 시간이 넘게 아무것도 먹지 못했다. 태율의 식사를 챙겨주고 나서 한술 뜰 생각이었으나 이런저런 일을 하다 보니 밥때를 놓쳤다. 말은 괜찮다고 했지만 한숨 자고 일어나니 허기가 확 몰려왔다.

"제가 고맙죠. 금방 차릴게요, 잠시만 앉아 있어요."

진희는 김치와 나물을 꺼내고, 전자레인지에 두부조림을 넣고 돌렸다. 아무리 그래도 너무 조촐하다는 생각이 들어 휘릭 햄을 굽고 계란말이를 부쳤다. 밥그릇 두 개를 꺼내 밥을 폈다. 예리 몫으로는 한가득 담았지만, 자신의 몫은 반 공기 남짓한 양이었다. 가만 보니 그것도 많은 것 같아 절반을 다시 덜어냈다.

예리가 진희의 밥그릇을 가리키며 물었다.

"언니, 그것밖에 안 드세요?"

"아, 저는 입맛이 없어서요. 이 정도면 충분해요. 예리 씨 밥 너무 많이 드렸나?"

진희도 점심 이후로 쭉 공복이었으나 도통 식욕이 돌지 않았다.

"저는 괜찮아요. 지금은 다 먹고도 남을 것 같아요."

예리가 한 숟가락 가득 밥을 떴다.

"예리 씨는 참 어른스러운 것 같아요."

"제가요?"

"네, 저는 예리 씨 나이 때 완전 애였는데. 취업 준비도 힘들 텐데 마트 일 하면서 돈도 벌지, 벌써 독립해서 월세도 스스로 내지. 태율이랑 놀아주시는 것 보면 애들 다루는 솜씨도 좋으시고."

"껍데기만 그렇죠. 동기 중에는 벌써 대기업 취직해서 잘 다니고 있는 애들도 많아요. 걔네가 어른이죠. 저는 학생도 아니고 직장인도 아니고, 그냥 아무것도 아닌 것 같은데요."

"저는 예리 씨 속이 어른인 것 같아서 하는 말인데."

"속은 더 어려요. 어른은 언니죠. 엄마시잖아요. 지난번부터 제가 언니 보면서 얼마나 감탄하고 있는데요."

"엄마긴 엄만데 빵점짜리 엄마잖아요. 전남편한테 치이고, 예리 씨한테 태율이 맡기고, 툭하면 질질 짜기나 하고……. 모르겠어요, 엄마는 정말 어떻게 하는 건지."

진희는 아직 밥 한 숟가락도 뜨지 못했다.

"언니, 제가 오늘 서너 시간 해봤잖아요. 저 진짜 쓰러지는 줄 알았어요. 조금 놀아주다가 시간 좀 남으면 자소서 쓰려고 노트북도 가져왔거든요? 근데 꺼내보지도 못

했어요. 진짜 정신없더라고요. 일 다니시면서 이걸 맨날 하시는데 빵점짜리라고요? 너무 엄격하시다."

"지금만큼도 못 해주면 빵점이 아니라 마이너스잖아요."

"언니, 태율이 같은 애 아니었으면 저는 한 시간도 못 버텼어요. SOS 치고 도망갔을걸요? 태율이는 체력이 좋아서 물리적으로 힘든 것만 빼면 진짜 착하고 순해요. 성격도 밝고요. 다른 사람들도 태율이랑 오 분만 지내보면 다 알걸요, 얼마나 잘 컸는지. 그거 언니가 하신 거잖아요. 잘 컸다는 건 잘 키우고 있다는 거니까."

"네?"

엄마와 재성의 언어로 가득 찼던 귓가에 처음 듣는 소리가 비집고 들어왔다. 잘 키우고 있다는 말. 그건 혼잣말로도, 상상에서조차도 감히 담아보지 못한 말이었다. 다른 엄마들을 보면서는 수도 없이 떠올렸던 말이지만, 자신에게는 단 한 번도 어울린다고 생각하지 않았다. 그 말이 애써 말려두었던 눈물샘을 다시 자극했다. 조절 장치가 고장 난 것처럼 죽죽 눈물이 흘렀다.

진희는 자꾸 울컥하는 속을 누르기 위해 밥을 한 숟갈

떠서 입에 넣었다. 잘 키우고 있다는 말이 왜 그리 벅차고 고마운지. 다 씹지도 않고 한 숟갈을 더 밀어넣었다. 밥그릇은 숟가락질 두 번 만에 텅 비어버렸다. 갑자기 식욕이 일었다. 젓가락을 들어 입에 김치를 넣고, 계란말이를 넣었다. 대충 우걱우걱 씹고는 고개를 들어 꿀꺽 삼켰다. 그러는 동안에도 눈물은 멈추지 않았다.

"제가 혹시 뭐 말실수라도……."

예리는 진희를 바라보며 난처한 표정을 짓고 있었다. 진희는 말없이 고개를 도리도리 저었다.

"이, 이거 쓰세요."

예리가 진희에게 휴지를 내밀었다.

"예리 씨 완전 어른 맞네요."

진희는 예리가 건넨 휴지를 받아 들고 눈가를 슥슥 닦았다. 눈물은 멈추지 않았지만 얼굴은 웃고 있었다.

"고마워요, 그렇게 말해줘서."

"어, 제가 무슨 말을……."

"방금 해준 말 처음부터 끝까지 다요. 밥 더 먹을래요?"

"아, 아니요. 아직 남았어요."

"그럼 고기라도 구워드릴까요? 소고기 조금 남은 거 있는데."

"아니에요, 지금 있는 반찬도 충분해요."

"그럼 다 먹고 과일이라도 먹어요. 아니면 아이스크림? 아니다, 케이크 먹을래요? 잠깐 계시면 앞에 카페 가서 사 올게요."

진희가 자리에서 벌떡 일어나 지갑을 챙겼다.

"언니, 지금 열한 시 넘었어요. 다 닫았을 텐데."

예리도 덩달아 일어났다.

"그러네. 그럼 어쩌지? 예리 씨 과자 좋아해요? 아니면 오징어도 있는데 그거 구워서 맥주랑 같이 줄까요?"

"언니, 저 진짜 괜찮아요. 그냥 과일 할게요, 과일."

예리는 냉장고에 주방 수납장까지 정신없이 들쑤시는 진희를 보며 웃었다. 진희는 당장 예리에게 뭐라도 주고 싶었다. 그러지 않고서는 이 고마운 마음을 다 감당할 수 없을 것 같았다.

그날 밤 예리가 집으로 돌아간 후, 진희는 쉽게 잠들지 못했다. 집 안을 깨끗하게 정리하고 따뜻한 물로 오래 씻었다. 시간은 벌써 한 시를 가리켰다. 진희는 태율의 방으로 조심스럽게 들어가 침대 옆에 조용히 기대 앉았다.

"태율아."

자신의 귀에도 간신히 들릴 만큼 작게 태율을 불렀다.

"고마워."

그렇게 한참 태율의 잠든 얼굴을 바라보았다. 눈도 뜨지 못하고 울기만 하던 주름 덩어리 신생아 시절부터 지금까지, 아무리 쳐다봐도 질릴 틈이 없는 얼굴이었다.

10

 예리는 오랜만에 책상에 앉아 화장을 했다. 평소에 일을 나갈 때는 파운데이션과 선크림, 최소한의 생기를 위한 틴트가 전부였기에 이렇게 본격적인 메이크업은 영 낯설게 느껴졌다. 이게 맞는 건지, 단계가 진행될수록 완성은커녕 우스운 꼴이 되어가고 있었다.

 며칠 전, 세은이 동기 몇을 모아 단체 채팅방을 만들었다. 절친이라고까지 말하기는 어려웠지만 대학 시절에는 나름 어울려 다니던 무리였다. 예리를 포함해 총 네 명이었는데, 예리를 빼고는 모두 취업에 성공했다. 지난번 진희의 집 초대부터 세은의 동기 모임까지, 어쩐지 빈말로 끝날 법한 약속들이 자꾸 현실로 이뤄졌다.

시간이 안 된다며 적당히 거절하는 방법도 있었으나, 세은에게 마트 일 하는 모습을 다 보여 준 이상 그런 말을 할 수는 없었다. 졸업을 하고도 1년 넘게 취업 준비나 하는 주제에 바쁠 일이 뭐가 있다고. 괜히 튕기는 척했다가 자격지심처럼 보일 것 같았다. 세은이 설마 그렇게까지 생각하겠나 싶다가도, 자신이 빠진 자리에서 자신의 얘기가 오가는 모습을 떠올리지 않을 수 없었다.

채팅방에서 만날 날을 정하는 도중 예리는 동기들의 메신저 프로필사진에 눈이 갔다. 해외여행을 다녀온 사진, 연인과 찍은 네컷사진, 깔끔한 비즈니스 캐주얼을 입고 찍은 셀카. 프로필사진이 없는 사람은 예리뿐이었다. 지난 몇 년을 돌아봐도 예리에게는 당당하게 걸어놓고 자랑할 만한 순간이 하나도 존재하지 않았다. 만나는 날짜가 확정되었을 때, 예리는 차라리 태율을 일주일 내내 돌보는 것이 더 낫겠다는 생각까지 했다.

약속 장소는 강남이었다. 퇴근 시간의 지하철은 산소 걱정을 해야 할 만큼 사람들로 가득했다. 출입문이 열릴 때마다 우악스럽게 비집고 나가는 사람들과 막무가내로 밀고 들어오는 사람들 때문에 정신을 차릴 수 없었다. 예리는 지하철을 탈 때마다 산소마스크를 하나씩 지급하는 법안이 통과되어야 한다고 생각했다.

강남역 출구를 빠져나오자 예리는 오랜만에 마주하는 풍경에 살짝 머리가 어지러웠다. 길게 뻗은 십차선대로에는 차량이 가득했고, 찻길 양옆으로는 높은 건물들이 빼곡하게 솟아 있었다. 수많은 인파에 치여 식당까지 이동하는 동안 예리는 마치 호송 중인 죄수가 된 기분을 느꼈다.

오랜만에 보는 동기들이 반갑지 않은 것은 아니었다. 대학 시절이 건조하게 흘러갔다고 생각했지만, 하나둘 이야기를 나누다 보니 즐거웠던 기억들이 조금씩 떠올랐다. 술 몇 잔을 마시면서 예리는 잠깐 진심으로 즐겁기도 했다.

하지만 옛 이야기를 모두 나누고 나니 결국 지금 사는 이야기를 나눌 수밖에 없었다. 동기들이 회사 일에 대해 말할 때면 예리는 관중이 된 기분으로 술을 들이켰다.

동기들은 입사 후에 급속도로 늙고 있다는 말을 했지

만 예리가 보기에는 에너지 넘치는 스물다섯, 스물여섯 그 자체였다. 아무런 빛도 생기도 없이 늙어가는 것은 취업하지 못한 자신뿐이었다.

"예리도 취업 준비하느라 고생 많지?"

"고생이겠지. 근데 입사해보니까 진짜 서두를 필요 없더라. 그렇지 않아?"

"응, 완전. 입사하고 후회하는 동기들도 많고, 1년도 안 돼서 이직 생각하는 애들도 많잖아."

"그러니까. 합격했을 때만 좋고 한 달만 다녀도 후회하잖아. 선배들 얘기 들어봐도 그렇고 지금 1, 2년 늦는다고 나쁠 거 없는 것 같아. 차라리 잘 준비해서 한 번에 좋은 데 들어가는 게 훨씬 낫지. 예리야, 너 진짜 조바심 내지 말고 업계 톱급만 노려. 나도 솔직히 1, 2년 다니다가 경력 쌓고 이직할까 싶어."

"나도. 요즘 그렇게 하는 사람들이 더 잘 되잖아. 한 군데서 고분고분 다니면 호구야."

"진짜, 완전."

예리는 동기들에게 악의가 없다는 것도, 혹시라도 실수할까 봐 최대한 조심하고 있다는 것도 알고 있었다. 굳이 자신 앞에서 자랑을 할 이유도 없었고 일부러 무시할 성격들이 아니라는 것도 알았다.

다 알고 있는데, 그래서인지 더 힘들었다. 차라리 거드름을 피우고 깔보는 눈빛을 했더라면 대판 욕이라도 해볼 수 있었을 텐데. 속이라도 시원하게.

"어디 가? 화장실?"

"아니, 잠깐 나 이거 좀."

세은이 담뱃갑을 흔들자 다른 동기가 핀잔을 주었다.

"좀 끊어라."

"뭘 끊어. 회사 다니니까 더 못 끊겠어. 너도 곧 있으면 피게 될걸?"

"가끔 끌리긴 해."

"뭐래, 까불지 마."

세은이 허공을 향해 휘이휘이 손짓했다.

"그럼 나도 같이 가."

"엥? 예리 너 담배 안 피우잖아."

"그냥 잠깐 바람 좀 쐬려고. 오랜만에 너무 마셨나 봐."

사실 취기보다는 술집 공기가 조금 답답했다. 주방에서 나는 연기 때문인지, 회사 얘기를 듣느라 숨이 막힌 건지. 어쨌든 바깥바람을 좀 쐬고 나면 나아질 것 같았다.

세은이 담배에 불을 붙이며 예리에게 물었다.

"많이 취했어?"

"그 정도는 아니야. 그냥 조금."

예리는 두 걸음 정도 떨어져서 발로 땅을 긁었다.

"흡연자라서 편한 점이 딱 하나 있어."

"뭔데?"

"회사 사람들도 담배 엄청 피우거든. 그래서 나도 담배 피우는 김에 슬쩍슬쩍 바깥바람 좀 쐴 수 있어. 그거 하나는 좋아. 조만간 끊긴 끊어야 하는데."

세은이 담배를 한번 바라보고는 다시 깊게 한 모금 빨아들였다.

"너 근데 아직 연초 피우네. 요즘 전자 담배 피우는 사람들도 많던데."

"몇 번 해봤는데 난 이게 더 맞더라고."

"회사에도 전자 담배 피우는 사람이 더 많지 않아?"

"글쎄, 좀 더 많은 것 같기도 하고. 그건 왜?"

"IT 회사니까 다들 뭔가 전자 담배 피울 것 같은 이미지랄까."

"에이, 그런 게 어딨어. 아닌가, 말 되나? 하긴 하루 종일 컴퓨터만 두드리고 있는 사람들인데 반은 기계라고 봐야지. 나도 그렇고."

세은이 웃으면서 담배 연기를 뿜었다. 예리 쪽으로 닿지 않게 하려고 고개를 돌렸지만 바람이 부는 탓에 예리의 얼굴까지 그대로 날아왔다.

"아, 미안. 갑자기 바람이 불어서."

"괜찮아, 내가 따라 나온 건데."

"조금 더 저쪽에 서 있는 게 낫겠다. 예리야, 나 한 대 더 피워도 돼? 오랜만에 너희랑 마시니까 술도 맛있고 담배도 막 당기나 봐."

"그럼. 천천히 피워."

세은이 담배 한 개비를 더 꺼내 불을 붙였다.

"저기, 세은아."

"응?"

"너는 개발자로 일하는 거, 잘 맞아?"

세은은 실눈을 하고 담배 한 모금을 쭉 빨아들였다가 후 하고 길게 내뱉었다.

"뭐, 그냥 하는 거 같아."

"그냥?"

"응, 그냥 하는 거지."

"하고 싶어서 하는 거 아니고?"

"글쎄, 전공을 이쪽으로 하다 보니까 자연스럽게 정해진 느낌? 예리 너는 개발 쪽 어떻게 생각하는데?"

"난 아직 모르겠어. 일단 취업부터 하고 나서 생각해야지."

"그래, 너무 복잡하게 생각할 필요 없어. 우리 동기 애들도 그렇고 회사 선배들 얘기 들어봐도 그렇고 어렸을 때부터 개발자, 프로그래머를 장래 희망으로 삼고 쭉 달린 사람은 거의 없잖아. 전공이랑 조건 맞춰서 취직하는 거지. 일은 그냥 일인 것 같아. 돈 많이 주고 복지 좋고, 그러면서 일 적게 시키는 데가 최고지."

"뭐……."

세은이 담배를 끄는 동안 예리가 고개를 끄덕였다.

"담배 피우니까 더 취하네. 좋다, 좋아. 대학생 된 것 같아. 이제 들어갈까? 더 마셔야지."

"응, 그래. 가자."

다시 술자리로 돌아오고 나서 몇 잔을 더 주고받았다.

3차를 가니 마니 이야기가 나왔지만, 내일 출근을 생각해서 이쯤 헤어지고 다음에 또 만나자는 합의에 도달했다. 대학생이 된 것 같다고 더 마시자던 세은도 출근 걱정 앞에서는 어쩔 수 없었다. 3차 대신 근처 카페에서 음료를 한 잔씩 사 들고 작별 인사를 나눴다.

예리는 집에 돌아와 침대로 몸을 던지려다가 정신 줄을 잡고 책상 앞에 앉았다. 당장 출근 걱정을 하는 동기들이라면 모를까, 예리로서는 팔자 좋게 누워서 취기를 음미하며 유튜브나 볼 처지가 아니었다.

입사 지원 사이트를 열어 임시 저장해두었던 지원서 파일을 불러왔다. 생각나는 말을 열심히 적었다. 왠지 잘 써진다 싶었는데, 다시 보니 순 엉터리 같은 말뿐이었다. 쓸데없는 부분을 들어내고 나니 겨우 50자가 되었다. 다시 보니 그 50자도 순 쓰레기였다. 예리는 백스페이스를 꾹 눌렀다.

'0/1,500'

입력 칸이 텅 비어버렸다. 세상을 살아가는 데 필요한 1500가지 중 단 한 가지도 갖추지 못한 기분이었다. 뭐라도 쓸 말이 생각날 때까지 모니터를 노려보았지만, 눈만

빽빽해질 뿐 숫자 0은 변하지 않았다. 예리는 노트북을 덮었다. 침대에 누울까 했지만, 그러기에는 영 찝찝한 기분이 들었다. 예리는 현관문으로 걸어가 신발을 신고 농구공을 챙겼다.

자정이 지난 하천 공원의 농구코트는 어두컴컴했다. 자전거 도로를 따라 가로등이 띄엄띄엄 켜져 있었지만, 코트 안쪽까지는 불빛이 닿지 않았다. 높이 솟아 있는 골대 쪽에만 미세한 빛이 드리울 뿐이었다.

예리는 어둠 속에 서 있는 골대를 바라보았다. 밤바람에 그물이 슬쩍슬쩍 흔들렸다. 공을 바닥에 몇 번 튀기고, 팔을 뻗어 슛을 던졌다.

텅.

공은 림을 맞고 튀었다. 어두운 탓에 어디로 날아갔는지 잘 보이지 않았다. 예리는 핸드폰 플래시를 켜고 한참 찾은 끝에 공을 주워 다시 슛을 던졌다. 이번에는 림도 맞지 않고 그대로 고꾸라졌다. 몇 번을 던져봐도 좀처럼 그물을 가르지 못했다. 아직 취기가 남은 예리는 곧 숨을 헐떡였다. 이것만 넣고 나면 들어가자는 마음으로 마지막 슛을 던졌지만, 이번에도 역시 크게 빗나갔다. 예리는 공을 줍지도 않고 벤치에 가서 앉았다.

 미세먼지 탓인지 날이 흐린 건지 달빛도 흐릿한 밤이었다. 아무리 슛이 안 들어가는 날에도 열 번을 던지면 한두 번은 들어갔는데, 오늘은 몇 개를 놓친 거지. 스무 개? 서른 개?

 여기저기 치이다 찾아온 도피처마저 문이 닫힌 기분이었다. 벤치에 가만히 앉아 있자니 땀이 식어 금세 추워졌다. 초여름이라지만 한밤중의 공기는 서늘하다 못해 차가웠다. 부르르 몸이 떨렸다. 얇은 외투라도 챙겨올걸. 이러다 감기라도 걸리면 일할 때 괜히 고생하게 될 텐데.

 예리는 구석에 박힌 공을 주워 들고는 코트를 나섰다. 추위 때문에 더 있을 수가 없었다. 오늘은 어디서도 환영받기는 글렀다. 강바람마저도 예리의 맞은편에서 불어왔다. 예리는 공을 품에 꼭 안고 역풍을 맞으며 다시 집으로 향했다.

 —예리야, 서류 통과했던 이력서랑 자소서 공유해줄까?
 —내 파일도 이따 올릴게. 나도 취준 할 때 합격한 사람

들 거 보고 참고 많이 했어.

모임 다음 날, 단체 채팅방에 그런 이야기가 오고 갔다. 예리도 서류 전형에서 연거푸 탈락하는 동안 앞서 취업한 동기들의 도움을 받아볼까 몇 번 생각했었다. 먼저 말을 꺼내기에는 입이 영 떨어지질 않았을 뿐.

예리는 동기들이 보내준 파일을 다운받았다.

―다들 진짜 고마워. 내가 취업하면 진짜 비싸고 맛있는 거 사줄게!

그 말을 보내면서도 어딘가 마음 한구석이 찔리는 느낌이었다. 취업하면. 그만큼 불투명한 기약이 또 있을까. 예리는 고마움보다 더 큰 민망함에, 눈에서 불을 뿜으며 파이팅을 외치고 있는 오리 이모티콘을 덧붙였다.

동기들의 서류는 예리가 봐도 흠잡을 데가 없었다. 이력서에는 높은 어학 성적과 각종 자격증은 기본이고 인턴이나 대외 활동 경험도 빠지지 않았다. 예리의 이력서는 그에 비해 한참 밋밋했다. 어학 성적은 평범한 수준인 데다가 하나 있는 자격증과 대외 활동 경험도 구색 맞추기에 지나지 않아 보였다.

자기소개서는 또 어떤가. 예리로서는 50자도 쓰기 어

려웠던 항목들이 보란 듯이 꽉 채워져 있었다. 너무 짧지도 길지도 않게, 지원 동기부터 저마다의 경험과 강점까지 모든 것이 완벽했다. 참고해야겠다는 생각보다도 이걸 반이라도 따라 할 수 있을까 하는 막막함이 앞섰다.

동기들과 자신의 서류를 비교하면 같은 대학, 같은 학과 출신이라는 것만 빼고는 도무지 접점이 보이지 않았다. 같은 학력을 가졌다는 점도 이제는 오히려 낯부끄러운 낙인처럼 느껴졌다.

세은의 취업 소식을 들었을 때 예리는 세은이 자신보다 빠르게 트랙을 달려 결승선을 통과한 것이라고만 생각했다. 하지만 속도만이 유일한 차이점은 아니었다. 지난 모임에서 얘기를 나눈 뒤, 예리는 둘 사이의 주법 자체가 달랐다는 것을 깨달았다.

세은의 질주에는 거침이 없었다. 개발자 취업이라는 목표를 향해 쾌속으로 달렸다. 필요한 스펙을 하나씩 탄탄하게 쌓아 올려 또래라면 누구나 부러워할 만한 기업에 척 하고 붙었다. 세은이 그렇게 전진해나가는 동안 예리는 암초에 걸려 표류했다. 계속해서 이 길로 나아가는 게 맞는 건지, 이 길을 택한다면 후회하지 않을지. 그렇게 매번 똑같은 암초에 턱 하고 가로막혔다.

지금 생각해보면 전부 피할 수 있는 장애물이었다. 결국 자신의 머릿속에서 스스로 만들어낸 것들이었으니까. 세은이라고 해서 그런 고민이 없었겠는가. 세은은 눈앞에 놓인 장애물에 부딪혀 넘어지는 대신 뛰어넘든 비켜가든 어떻게든 지나온 것이다.

'뭐, 그냥 하는 거 같아. 너무 복잡하게 생각하지 마.'

세은이 담배를 피우며 했던 말처럼 자신도 그저 묵묵히 나아갔어야 했다. 예리가 표류할 때면 늘 목덜미를 잡아당기는 질문이 있었다. 그건 여기까지 오느라 놓아버린 것들에 대한 미련이었다.

'그때 내가 하고 싶은 걸 택했더라면. 단 한 번이라도 내가 정한 길로 달려봤더라면.'

이제 와서 그게 다 무슨 소용일까. 예리는 세은이 내뿜던 담배 연기를 떠올렸다. 불은 뜨겁게 타오르다가도 연기가 되어 사라진다. 아무 흔적도 없이. 그렇다면 대체 무얼 위해 불을 지피는 거지.

예리는 새 문서를 띄웠다. 창을 반으로 줄여 왼쪽에 놓고, 오른쪽에는 동기들에게 받은 자기소개서 파일을 두었다. 세은이 말하길 자기소개서에 가장 필요 없는 두 가지 요소가 바로 자기와 소개라고 했다. 예리는 동기들의 자기소개를 옮겨 내용을 채워나갔다.

11

오늘 농구 수업에는 예리뿐이었다. 진희는 근무 스케줄이 급하게 변경되는 바람에 출석할 수 없었다. 어제 마트에서 그 얘기를 하면서 진희는 한껏 시무룩한 표정을 지었다.

"진희 씨 못 온다는 거 들었지?"

"네, 엄청 서운해하시던데요."

"그래? 진희 씨도 농구가 꽤 좋은가 봐. 하긴 그러니까 그렇게 열심히 하지. 난 가끔 보면 예리 너보다 진희 씨가 더 열심히 하는 것 같아."

"그러니까요."

"그럼 단둘이 수업을 하기는 좀 그렇고, 오늘은 오랜만에 일대일 해볼까?"

"쌤이랑 저랑요?"

예리는 눈을 땡그랗게 뜨고 자신을 가리켰다.

"여기 우리 둘뿐이잖아. 몸 풀자."

혜경이 허리를 돌리고 발목을 풀더니 코트를 뛰기 시작했다. 벌써 하프라인까지 간 혜경이 예리를 향해 외쳤다.

"몸 안 풀어?"

"아, 네!"

예리도 혜경을 따라 워밍업을 시작했다. 몸풀기가 끝나자 혜경이 예리를 향해 공을 건넸다.

"10점 내기야. 너 먼저 공격 해."

예리는 공을 집어 들고 공격 자세를 취했다. 혜경의 수비 자세는 조금 헐렁해 보였다. 팔도 반만 뻗었고, 무게중심도 살짝 높은 편이었다. 예리는 오른쪽으로 돌파할 것처럼 페이크 동작을 줬다가 방향을 바꿔 왼쪽으로 파고들었다. 일대일 시합은 첫 스텝 싸움이었다. 앞발만 잘 집어넣으면 그다음에는 바로 골대…….

하지만 혜경은 예리를 놓치지 않았다. 크게 움직이지도 않은 것 같은데 예리의 돌파 경로를 완전히 막아섰다. 당황한 예리가 혜경을 힘으로 제쳐보고자 했다. 왼손으로 드리블하면서 오른쪽 어깨로 혜경을 툭툭 밀었다. 그러나 혜경은 조금도 밀리지 않았다. 예리로서는 벽을 밀고 있는 느낌이었다. 이도 저도 못 하게 된 예리는 결국 공을 잡고 먼 거리에서 슛을 던지기로 했다. 공을 아래로 내렸다가 힘껏 점프하며 팔을 뻗었다. 공이 손을 떠나는 순간 손목 스냅까지 제대로 튕겨 냈다.

"안 되지!"

혜경은 공이 골대로 날아가는 것조차 허용하지 않았다. 긴 팔을 쭉 뻗어 예리의 공을 찍어 내렸다. 완벽한 블록이었다. 예리가 당황하는 사이 혜경이 공을 주웠다.

"이제 내 차례네."

예리는 정신을 차리고 수비 자세를 취했다. 무게중심을 바짝 낮추고 한 손으로는 슛 견제, 나머지 손으로는 돌파 경로를 차단했다. 혜경에게 배운 자세 그대로였다. 혜경은 공을 들고 오른쪽, 왼쪽으로 슬쩍슬쩍 움직였다. 예리는 속지 않기 위해 잔뜩 집중했다.

'왼쪽인가? 오른쪽? 아니, 왼쪽!'

순간 예리의 무게중심이 흔들렸다. 혜경은 그 틈을 놓치지 않고 오른쪽으로 드리블을 쳤다. 예리는 서둘러 몸을 옮기며 혜경을 막아서려 했다. 스텝을 나 따라왔다고 생각했을 때, 혜경은 몸을 빙글 돌리며 반대쪽으로 돌파했다. 예리의 수비는 완전히 벗겨졌고 빈 골대로 돌파한 혜경은 손쉽게 레이업슛으로 득점을 만들어냈다.

첫 게임은 그런 양상의 반복이었다. 혜경이 프로를 은퇴한 지 15년이 넘었지만, 프로까지 갔던 실력이 완전히 사라지지는 않았다. 예리는 순식간에 10점을 내주고 완패했다.

"한 번 더?"

혜경이 숨을 몰아쉬고 있는 예리에게 공을 건넸다.

"그럼요."

예리는 크게 심호흡하고는 바로 공격 자세를 잡았다. 이번에는 지더라도 방금처럼 허무하게 무너지지는 않겠다고 다짐했다. 하지만 다짐과는 무관하게 실력 차이는 압도적이었다. 두 번째, 세 번째 경기도 모두 10 대 0으로 끝이 났다. 예리는 공수 양면에서 혜경에게 완벽히 통제

당했다.

"많이 했다. 나 이제 죽겠어. 그만하고 슛 연습하자."

"쌤, 한 번만 더 하면 안 돼요? 진짜 한 번만."

예리에게 아직 남은 것이 있다면 바로 오기였다.

"또 해? 나 죽어."

"한 번만요, 제발."

예리는 공을 들고 가 혜경에게 직접 쥐여주었다. 이제 혜경도 제법 땀을 많이 흘리고 있었다.

"못 살아. 그럼 진짜 마지막이야. 이제 더는 안 돼. 두 번 더 했다가는 나 너한테 업혀서 병원 가야 해, 오케이?"

예리는 결연한 표정으로 고개를 끄덕였다.

혜경이 지친 탓에 예리가 두 골을 넣는 데까지는 성공했지만, 경기 결과에 반전은 없었다. 이번에도 혜경의 완승이었다.

"이제 그만. 나 진짜 안 해, 못 해."

혜경이 물병을 집어 들고 스탠드에 가서 앉았다.

"쌤, 저 마지막에 봐주신 거 아니죠?"

예리도 그 옆에 앉아 수건으로 얼굴을 쓸어냈다.

"난 농구하면 중학생도 안 봐줘. 네가 잘한 거야. 너 진짜 운동 쪽으로 나가도 됐겠는데?"

"택도 없죠. 갔어도 그냥 그런 수준이었을걸요."

순간 예리의 머릿속에 운동으로 잘되는 게 공부로 잘되는 것보다 몇 배는 더 힘들다던 엄마의 말이 떠올랐다.

"아닌데, 재능 있는데."

"만약에 있다고 해도 이미 늦었잖아요. 벌써 다 늙었는데."

"나 들으라고 하는 소리냐? 난 그럼 관에 들어가야겠네?"

"아, 죄송해요."

"죄송하다고 하면 어떡해. 진짜 같잖아."

"그게 아니라……."

"알아, 농담이야."

혜경이 예리의 어깨를 두드리고는 물을 들이켰다.

"쌤은 어렸을 때부터 농구 시작하신 거죠?"

"응, 농구부 들어간 게 초등학교 3학년 때였지."

"그때 부모님께서 반대하진 않으셨어요?"

"말도 마. 엄청 반대했지. 그게 벌써 30년이 다 됐다. 그 시절에 여자애가 운동하겠다고 하면 죄다 뜯어말렸지.

집에서 안 쫓겨나면 다행이고."

"근데 쌤은 어떻게 하셨어요?"

"박박 우겨서 했지. 내 고집이 보통 고집이 아니거든. 자식 이기는 부모 없다잖아. 해보니까 진짜 그렇더라."

"저는 엄마한테 맨날 졌는데."

"계속 버티면 다 이기게 돼 있어. 야, 내가 선생이 돼서 너한테 참 좋은 거 가르친다."

"혹시…… 무섭진 않으셨어요? 부모님 반대 무릅쓰고 시작했는데 막상 잘 안 될 수도 있잖아요."

"처음에는 마냥 좋았지, 뭐. 하고 싶은 거 하게 된 거잖아. 그리고 그때는 내가 좀 잘했어. 중등부까지도 에이스였고. 좋아하는 걸 잘하기까지 하면 얼마나 신나겠냐? 막 날아다녔지."

"아아……."

예리는 엄마의 말에 늘 무너지고 말았던 자신의 과거를 떠올렸다. 실패할까 봐, 뒤처질까 봐 지레 겁을 먹고 포기했던 모습을.

"표정이 왜 그래? 거짓말 같아?"

"아, 아뇨. 그런 건 아니고요."

"근데 그때까지였어. 나름 중학교 에이스 출신이니까 전국에서 괜찮게 한다는 고등학교로 진학했거든. 거기에는 이미 잘하는 2, 3학년 선배들 있지, 내 동기들도 다 중학교에서 한가락 하던 애들이지……. 그러니까 원 전 처음부터 다시 시작이더라고. 1학년 때는 경기도 거의 못 나갔어. 이대로는 안 되겠다 싶더라. 미친 듯이 연습했지. 그때부터 나한테 농구의 의미가 확 달라졌어."

"어떻게요?"

"생존의 문제가 됐지. 훈련도 제일 일찍 나가고, 끝나고 남아서 야간 운동도 했어. 어떻게든 코치 눈에 띄려고. 그게 좀 예뻐 보였는지 2학년 올라가고부터는 조금씩 경기에 나가기 시작했어. 처음에는 삼 분, 그다음에는 오 분, 나중에는 십오 분 이상까지. 이대로 하면 하반기 대회 때는 식스맨까지 들 수 있겠다 싶었는데, 연습 경기에서 여기가 완전 나가버린 거야. 너무 힘을 줬던 거지."

혜경이 무릎 쪽을 두드렸다.

"무릎이요?"

"응, 정확히는 전방십자인대 파열. 복귀에 걸리는 시간이 최소 6개월에서 길면 1년. 아유, 그때 고생 엄청 했지.

몸보다는 여기, 여기가."

혜경이 가슴팍을 가리켰다.

"미치겠더라고. 선배, 동기, 후배들은 다 뛰고 있는데 나만 그냥 멍하게 있어야 되잖아. 수술 후에 재활 시작했을 때 진짜 악착같이 했어. 코치님도 말릴 만큼. 근데 그걸 어떻게 설렁설렁 하겠냐. 안 다쳤을 때도 하루 쉬면 뒤처질까 봐 밤낮으로 운동했는데."

"엄청 답답했을 것 같아요. 남들한테 뒤처지는 게 실시간으로 눈에 보이는 거잖아요."

예리는 그게 꼭 지금 자기 모습 같다는 생각이 들었다.

"그러니까. 다행히 재활을 열심히 해서인지, 아니면 어려서 몸이 빨리 나은 건지 거의 최소 기간만 채우고 복귀할 수 있었어. 처음에는 가벼운 훈련만 했는데 점점 괜찮아지면서 실전 훈련도 하기 시작했고. 복귀하고 나서는 진짜로 더 미친 듯이 했다. 지금 생각해도 다시는 그때만큼 못할 거야."

혜경이 끔찍한 기억을 떠올리듯 고개를 저었다.

"진짜 쌤, 정신력이 장난 아니시네요. 저는 그렇게 죽도록 뭘 해본 적이 한 번도 없는데."

"에이, 몸 쓰는 게 힘들다는 인식이 있어서 그렇지 펜 잡는 건 쉬워? 너 재수까지 했다며. 수험생 두 번 한 거잖아. 수능 공부할 때 하루에 몇 시간씩 밤새 공부하지 않았어?"

"맨날 밤샌 건 아니지만, 그럴 때도 있었죠."

"거봐, 힘들잖아. 난 운동은 그렇게 해도 공부는 그만큼 못 해. 대학도 안 가봐서 모르고. 여자 선수들은 거의 다 고졸로 프로에 가니까. 어쨌든 2학년 말에 복귀해서 죽도록 했더니 몸이 좀 올라왔어. 생각해보면 부상 전보다 더 좋아진 것 같기도 했어. 그래서 3학년 때는 제법 출전 좀 하고, 대회에서 중간중간 괜찮은 모습도 보이고. 그 덕분에 프로 끝자락에 간신히 뽑혔지. 나는 프로 가서도 고등학교 때처럼 죽기 살기로 하면 조금씩 올라갈 줄 알았다? 땀은 배신을 안 한다잖아. 근데 다르더라, 괜히 프로가 아니야."

"엄청 빡셌어요?"

"아예 안 되겠다는 생각이 들었어. 좌절이라고 해야 하나. 고등학교 올라갈 때랑 비교가 안 돼. 전국에서 날아다니던 애들이 오는 거잖아. 또 구단에서 돈을 받으면서 직업으로 하는 거고. 아예 뛸 시간 자체가 없었어."

"그래도 구단에서 뽑은 거잖아요. 쌤한테 연봉도 줘야 하고."

"내 연봉이야 뭐 최소니까, 그냥 복권 같은 존재였던 거지. 이미 팀에는 높은 연봉을 받는 주전 멤버들 있지, 또 신인 중에서도 나보다 높은 순위로 뽑힌 애들도 있고. 나처럼 끝자락에 간신히 뽑힌 선수한테까지 기회가 내려오기는 어려워. 딱 3년 있다가 쫓겨났다. 사실 프로 출신이라고 하기도 민망하지. 찍먹이다, 찍먹."

"그래도 3년이면 찍먹은 아닌 것 같은데요."

"말이 3년이지 내가 뛴 경기가 딱 아홉 경기야. 3년 동안 아홉 경기. 손가락 열 개를 펼쳐도 하나가 남아. 웃기지, 초등학생 때부터 프로만 보고 달려왔는데 딱 아홉 경기 만에 끝. 더 웃긴 건 그 아홉 경기의 출전 시간을 다 합쳐도 겨우 삼십 분쯤 된다는 거야. 이런 거 보면 나는 운동하는 거 말리는 부모님 심정이 이해가 되기도 해."

"농구 시작한 거, 후회하세요?"

그 질문을 하면서 예리는 내심 혜경이 후회한다는 대답을 해주길 바랐다. 혜경은 잠시 고민하는 얼굴을 했다.

"확실히 남들한테 권할 만한 일은 아니야. 권할 일은 아닌데, 후회는 안 해. 나는 결국 어떻게든 농구를 선택했을 것 같아. 이러나저러나 농구가 제일 좋았으니까. 그래서 프로에서 쫓겨나고도 아직까지 농구로 밥 먹고 있잖아."

"이렇게 좋아하는 일 쭉 하고 계신 거 부러워요."

예리의 입안에서는 쓴맛이 돌았다.

"부럽기는. 어찌저찌 얇고 길게 하고 있는 거지."

"꼭 하고 싶은 일이 아니더라도 하다 보면 좋아질까요?"

"글쎄……. 하고 싶었던 일도 막상 해보면 금방 질릴 수도 있고, 반대로 하고 싶었던 일이 아니더라도 하다 보면 재미 붙어서 10년을 하게 될 수도 있고. 해보기 전까지는 모르는 거잖아, 안 그래?"

"그렇긴 하죠."

"요새 취업 준비한다고 이래저래 생각이 많나 보네."

"그냥 남들 다 하는 고민 같은 거죠, 뭐."

예리는 혜경의 눈을 보지 못하고 애꿎은 공만 만지작거렸다.

"같이 농구 시작한 애들도 지금 사는 거 보면 다 제각각이야. 예리 너는 이제 첫 취직 준비하고 있는 건데, 너무 마음 무겁게 갖지 않았으면 좋겠어. 그러다 병 나."

"네……."

"그리고 일요일 수업 말고도 평일에 농구하고 싶으면 언제든 와. 내가 다른 반 수업하고 있을 때 옆에서 드리블 연습이라도 하면 되잖아. 다른 건 몰라도 그건 내가 도와줄 수 있다. 알겠지?"

"네, 그럴게요. 감사합니다."

예리는 수건으로 얼굴을 크게 쓸어내렸다. 혜경이 후회하고 있다는 답을 들려줬다면 예리는 좀 더 가벼운 마음으로 체육관 문을 나설 수 있었을 것이다. 지금 예리에게 필요한 건 그런 종류의 증언이었다. 하고 싶은 일을 해봤자 특별히 다른 것도 없으니 그저 눈앞에 놓인 길을 묵묵히 걸어가라는 것.

체육관을 나서면서 평소보다 문이 더 무겁게 느껴졌다. 얼마 전에는 세은이 되고 싶다는 생각이 들었는데, 지금은 또 혜경이 되고 싶었다. 하지만 예리는 자신이 둘 중 누구도 닮을 수 없다는 걸 알았다. 묵묵히 나아갈 힘도, 후회하지 않을 배짱도 없기에. 예리의 표류기에는 여느 때처럼 무엇에도 실패하지 않고 무엇에도 성공하지 못한 하루가 또 하나 쌓이고 있었다.

12

예리는 핸드폰에 뜬 알림을 여러 번 확인했다.

―이예리 님께서는 서류 전형에 합격하셨습니다.

낯선 단어들이 눈에 익기까지는 시간이 조금 걸렸다. 그중에서도 특별히 낯선 단어는 단연 '합격'이었다. 합격해서 좋다는 생각보다 어떻게 해야 하나 싶은 걱정이 먼저 들었다. 혹시 잘못된 게 아닐까? 전산 오류라든지. 문자만으로는 믿을 수 없어 채용 사이트에 접속해 합격 여부를 한 번 더 확인했다. 틀림없는 합격이었다.

아마도 최종 선발 인원의 다섯 배수 정도를 서류 전형

에서 통과시켰을 것이다. 열 배나 스무 배일 수도 있다. 입사를 하기까지는 1차, 2차 면접에 임원 면접까지 통과해야 했다. 어쨌거나 첫 고비를 넘겼다. 동기들의 자기소개서를 참고한 게 도움이 된 듯했다.

1차 면접 일정은 바로 다음 주였다. 이미 다음 주 근무 스케줄이 정해진 터라 면접에 참석하기 위해서는 일정 조정을 요청해야만 했다.

예리는 진희와 점심 식사 후에 찾은 카페에서 잽싸게 카드를 내밀었다.

"오늘은 제가 살게요."

"예리 씨, 계약 끝날 때까지 커피는 제가 사도 된다니까. 어차피 일주일에 같이 밥 먹는 게 끽해야 한두 번인데."

"언니, 오늘만요. 사실 제가 부탁드릴 게 있어서요."

"부탁이요?"

"그게, 제가 다음 주에 사정이 좀 생겨서……. 혹시 근무 한 번만 바꿔주실 수 있어요?"

"에이, 뭐예요. 그런 건 그냥 말하면 되지 무슨 커피까지 사주면서 그래요. 제가 예리 씨한테 저번에 태율이 말긴 것도 있는데."

"그때 시터비 두 배로 주시고 택시비까지 주셨잖아요."

"그건 그거고요. 아무튼, 무슨 요일이에요?"

"수요일인데 괜찮으세요? 태율이 하원 시간 때문에 안 되시면 다른 분한테……."

"돼요. 걱정 마세요."

"진짜 고마워요, 언니. 나중에 필요하시면 저도 꼭 근무 바꿔드릴게요."

"아니에요. 언제든 편하게 말해요. 커피 잘 마실게요."

진희는 커피잔을 가볍게 흔들었다.

"아, 잠시만요. 전화 오나 보다."

핸드폰을 확인한 진희의 표정이 조금 굳어졌다.

"예리 씨, 저 잠깐 전화 받을 일이 있어서 따로 들어가 볼게요. 이따 봐요."

"아, 네. 진짜 고마워요, 언니."

진희는 손 인사를 하고는 잰걸음으로 멀어졌다. 아빠의 전화였다.

"잠깐 통화 괜찮아?"

"네."

"오늘 퇴근이 언제야?"

"다섯 시 반이요. 무슨 일 있어요? 그놈이 또 찾아온대요?"

"그런 거 아니야. 그냥 너 시간 괜찮으면 태율이도 볼 겸 한번 갈까 해서. 할애비가 손주 자주 챙겨주지도 못하고……."

아빠는 그 말을 지뢰 탐지라도 하는 것처럼 뜨문뜨문, 아주 조심스럽게 꺼냈다. 지난번 재성과 반갑지 않은 삼자대면을 한 이후로 통화를 하는 것도 이번이 처음이었다. 진희는 잠시 핸드폰을 떼고 한숨을 쉬었다.

"어린이집 어딘지 아시죠?"

아빠는 꼭 자신의 역할을 증명이라도 하는 것처럼 말했다.

"응, 그때 내가 두어 번 하원도 시켰잖아. 거기 그대로지?"

"네, 거기서 다섯 시 사십오 분쯤에 봬요."

"그래, 늦지 않고 갈게. 고생하고, 이따 보자."

진희는 오랜 시간 동안 아빠를 미워했다. 지금도 너무 미웠다. 엄마한테 멍청이처럼 휘둘리는 모습이 미웠고

재결합을 설득하는 것도 미웠는데, 제일 미운 건 마음껏 미워할 수 없다는 점이었다. 아빠는 미워할수록 더 안쓰러웠다. 미워하기만 하면 되는데 미움이 커질 때면 또 아빠를 변호하는 마음이 튀어나왔다. 진희의 마음은 그렇게 두 편으로 나뉘어서 아빠를 미워하고 또 변호했다.

오늘 전화도 며칠을 고민하다가 했을지 그 머뭇거리는 손짓이 눈에 훤했다. 그래서 또 미웠고, 그렇기에 또 미워할 수 없었다. 진희는 커피 뚜껑을 열고 벌컥벌컥 들이켰다. 덩달아 들어온 얼음은 아작아작 씹어서 잘게 부숴버렸다.

"그냥 염색 하세요, 귀찮아도."
이 주 만에 만난 아빠에게 건넨 첫 마디였다.
"너무 늙은이 같아 보이냐?"
아빠는 앞머리를 잡아당기고는 힐끗 올려다보았다.
"그렇다는 게 아니라, 요즘은 칠팔십 대도 다 염색해요."
"알았어. 주말에 하지 뭐."
어린이집 교사가 태율을 데리고 나올 때까지 둘 사이

에는 잠시 침묵이 흘렀다.

"하부지!"

오랜만에 할아버지를 본 태율이 방긋 웃으며 달려들었다.

"태율아, 할아버지 다쳐. 살살해."

"아직 이 정도로는 끄떡없다. 어유, 우리 태율이. 잘 놀았어?"

"네, 하부지는요?"

"하부지도 잘 놀았다. 집에 가서 또 놀까?"

"네, 하부지 자고 가요?"

"태율아, 할아버지는 할아버지 집에서 자야지. 오늘은 같이 저녁만 드시러 오신 거야. 얼른 가자, 할아버지 배고프시겠다."

셋은 진희의 집 근처 샤브샤브 집으로 향했다. 진희가 집에서 간단히 차려 먹자고 했지만, 아빠는 일하고 와서 괜히 힘쓰지 말라며 기어이 식당으로 데리고 갔다.

"한우 샤브로 삼인분 하면 되겠지?"

"어차피 구분도 못 해요. 그냥 호주산으로 해요."

"그래도 한우가 낫지. 맛있는 거 먹어."

아빠는 일인분에 팔천 원이 더 비싼 한우를 고집했고, 후식으로 나온 죽이 끓기를 기다릴 때 화장실에 다녀오겠다며 먼저 계산을 해두었다.

"아, 진짜. 하지 마시라니까."

"됐어, 다음에 네가 사."

그렇게 말하는 아빠가 미웠고, 미워할 수 없어서 또 미웠다.

식사를 마치고 돌아와 진희가 아빠와 거실에 마주 앉은 건 밤 열 시 오십 분쯤이었다. 아빠가 집에 와서 열심히 놀아준 덕분인지 태율은 평소보다 조금 일찍 잠들었다.

"태율이는 자?"

"네, 잠들었어요. 오늘 좀 피곤했나 봐요."

"다행이네. 그, 저기……."

아빠는 핸드폰을 만지작거리며 뜸을 들였다. 그러더니 갑자기 시간을 확인하고는 자리에서 일어났다.

"너 피곤할 텐데, 내가 얼른 가야 네가 쉬지."

핸드폰을 주머니에 넣고 옷매무새를 정리하며 아예 떠날 채비를 했다.

"뭐 하실 말씀 있는 거 아니에요? 하고 가세요."

"별건 아니고……. 저기, 지난번에는 내가 실수했다."

역시나 그 얘기를 꺼낼 줄 알고 있었다. 오늘 찾아오겠다고 전화했을 때부터 예상했던 말이었다.

"됐어요."

"내가 알았으면 절대로 안 만났을 텐데……."

"말을 안 하는데 어떻게 아셨겠어요. 그냥 나중에 좀 정리되면 말씀드리려고 했어요. 좋은 일도 아니고."

"앞으로는 네 허락 없이 그 자식 볼 일은 없을 거야."

"이제 그 자식이에요? 김 서방이라고 잘도 하시더니."

"그건 내가 몰랐을 때 일이고."

"그렇게 다시 합치라고 하셨잖아요."

"네가 성격 차이라고 하니까, 그런 거면 잘해보라는 의미였지."

"태율이는 어떡하고요? 아빠 없이 키우면 안 좋다고 막……."

"그건 제대로 된 아빠가 있을 때 얘기고. 태율이 두 돌도 안 됐을 때부터 바람 피우러 다녔다면서. 그런 놈이 다시 합친다고 애 잘 키우겠냐? 바람은 한 번 피우면 또 피워."

이 대목에서 진희는 엄마 얘기를 꺼내려다가 참았다.

"그 뒤로 그 인간 또 연락 없었어요?"

"몰라. 내가 아주 열이 뻗쳐서 그놈 번호도 다 차단했다."

"번호 차단도 할 줄 아세요?"

"내가 그것도 못 할까 봐?"

"뭐, 알아서 잘하신다니까 다행이네."

"꼭 그 얘기 하려고 온 것만은 아니고, 오랜만에 너랑 태율이랑 보고 밥 좀 먹일 겸 온 거야. 열한 시가 넘었네. 가야지, 이제."

그 얘기 하러 온 거 맞으면서. 아빠는 꼭 괜한 핑계를 댔다.

"좀 더 이따 가시지."

"너도 쉬어야지. 갈게."

"진짜 괜찮은데. 아, 아빠."

"응?"

"다음 주 수요일에 시간 괜찮아요? 근무 스케줄 바꿀 일이 있는데, 아빠 괜찮으시면 태율이 하원시키고 잠깐 좀 봐달라고 할까 싶어서. 무리하실 필요는 없어요. 바쁘시면 시터 부르면 되니까."

"시터 자주 불러서 좋을 게 뭐 있냐. 시간 된다. 몇 시에 가면 되는지만 문자로 알려줘."

"네."

고맙다는 말을 했어야 했는데 입이 떨어지질 않았다.

진희가 큰길까지 바래다준다는 말에 아빠는 태율이 혼자 두고 어떻게 집을 비우냐고 한사코 거절했다.

"푹 쉬고, 잘 자라."

둘은 결국 엘리베이터 앞에서 인사를 나눴다.

"네, 조심히 가세요."

엘리베이터 문이 닫히기 전까지 진희는 어떻게든 고맙다는 말을 꺼내보려고 했지만 입술만 달싹이다 타이밍을 놓쳐버렸다. 이번에는 아빠가 아니라 고맙다는 말 한마디도 못 하는 자신이 미웠다. 진희는 엘리베이터가 1층에 도착할 때까지 지켜보다가 집으로 들어갔다.

13

―언니, 오늘 근무 바꿔주셔서 진짜 감사드려요! 내일도 제가 커피 사게 해주세요.

예리의 메시지였다. 진희는 예리가 덧붙인 이모티콘을 보고 웃었다. 귀여운 오리 캐릭터가 덩실덩실 춤을 추다가 고개를 꾸벅 숙이는 동작을 반복했다.

"진희 사원님."

진희는 자신을 부르는 소리에 뒤를 돌아봤다. 고 대리였다.

"아, 고 대리님. 안녕하세요. 이거 잠깐 스케줄 관련한 문자 때문에…….”

진희는 근무 중에 핸드폰을 보다가 들켰다는 생각에 민망한 얼굴로 변명을 했다.

“아, 그런 것 때문이 아니고요. 혹시 잠깐 시간 되시면 사무실에서 얘기 좀…….”

고 대리의 얼굴을 보니 확실히 지적하는 모양새는 아니었다. 그녀도 어딘가 민망한 표정을 하고 있었다.

“지금요? 네.”

사무실은 매장 위층에 있었다. 근로계약서를 쓴 날 이후로 오랜만의 방문이었다. 직원들은 진희가 들어오는 건 신경도 쓰지 않고 키보드를 두드리거나 전화를 받고 있었다. 진희는 혼자 꾸벅꾸벅 인사를 했다. 아무도 받아주지 않았으나 진희도 그저 민망한 기분에 허공에 대고 고개를 숙인 것이었다. 사무실은 마치 학창 시절 교무실 같은 느낌이었다. 잘못한 게 없는데도 괜히 어깨가 움츠러들었다.

고 대리는 한편에 놓인 테이블로 진희를 안내했다. 나무 무늬를 입힌 합판에 철제 다리가 달린 평범한 테이블이었다. 근로계약서도 이 자리에서 썼었다. 테이블 주변에 놓인 어깨높이의 파티션이 이곳을 나름의 회의 공간으로 구분해주고 있었다.

"다름이 아니고, 진희 사원님 계약이 두 달 후에 만료시잖아요."

"네, 그렇죠."

진희는 계약이라는 말에 찌릿한 긴장감을 느꼈다. 안 그래도 조만간 계약 관련 이야기가 나올 것이라 생각했었는데, 그게 오늘이었다니.

"아시다시피 계약직은 2년까지만 가능해서, 이번 계약 끝날 때까지만…… 일해주시면 될 것 같아요. 그간 고생 많으셨어요."

"네?"

진희는 그 이상의 반응을 할 수 없었다. 재작년에 1년 계약으로 최초 입사를 했고, 작년에 1년 계약 연장을 한 상황이었다. 고 대리의 말대로 두 달 후면 계약이 종료되지만, 진희가 기대한 결말은 그게 아니었다.

"저기, 고 대리님. 제가 입사할 때 박 부장님께서 계약직 2년 채우면 정규직으로 전환해준다고 하셨거든요. 고 대리님도 알고 계시죠?"

"그게, 박 부장님께서 지점을 옮기기도 하셨고 제가 전환 문제에 대해서는 정확히 잘……."

"그때 계약할 때 안내 같은 거는 분명히 고 대리님께서 해주셨는데, 그렇잖아요? 고 대리님도 기억하실 텐데……."

고 대리는 진희의 눈을 똑바로 쳐다보지 못했다.

"고 대리, 뭐 문제 있어요? 왜 이리 소란스러워."

이 부장이었다.

"부장님, 안녕하세요. 생활 파트 용진희 사원인데요, 그, 제가 계약기간이 다 되어가는데 이번 계약으로 끝이라는 이야기를 들어서요. 분명 입사할 때 계약직 2년을 채우면 정규직으로 전환해준다고……."

이 부장은 얘기를 쏟아내는 진희에게 진정하라는 손짓을 했다.

"고 대리한테 어디까지 설명 들으셨나 모르겠는데, 지금 회사 상황이 좀 어려워요. 우리 지점뿐만 아니라 당분간 전국 지점에서 마트 사원 정규직 채용 계획이 없어요. 양해 좀 부탁합니다, 예?"

"부장님, 분명히 이전에 박 부장님께서 계약할 때 하신 말씀이 있거든요."

"어허, 참. 그래요, 진희 씨. 전임 부장이 있을 때 나왔던 말 아닙니까? 박 선배가 어떻게 약속했는지는 모르겠는데 계약서에 그런 내용이 나와 있어요? 정규직 전환이 보장된다고? 내가 볼 때는 아니던데."

이 부장은 바지 주머니에 손을 넣고 당당한 표정으로 진희를 내려다보았다. 고 대리는 앞에 놓인 파일을 만지작거리더니 조용히 계약서를 내밀었다. 진희는 계약서를 앞뒤로 넘겨 확인해보았지만, 정규직 전환에 대한 내용은 보이지 않았다. 이 부장의 말대로 정규직 전환은 구두 약속에 불과했다.

진희는 2년 가까이 일하며 정규직으로 전환되었다는 동료들의 이야기를 여럿 들었었다. 진희보다 1년 먼저 계약직으로 입사했던 사원이 작년에 정규직으로 전환되기도 했다.

"별일 없으면 진희 씨도 정규직 될 거예요."

선배들로부터 그런 이야기를 들을 때마다 진희는 안심했다. 업무가 고됐지만 나름 자리를 잡아가고 있었고, 스케줄만 잘 조절하면 육아를 병행하기에도 나쁘지 않았다. 집, 직장, 어린이집 사이의 동선도 괜찮은 편이었다. 그렇기에 이혼 후 불안정한 삶에도 직장 문제만큼은 크게 걱정하지 않았다. 불과 오 분 전까지만 해도 그랬다.

하지만 이제 직장은 진희의 삶에서 첫 번째 문제가 되어버렸다. 대비하지 못했기에 더욱 충격이 컸다. 먹고 사는 일과 직결된 문제였고, 진희에게는 먹여 살려야 할 네 살짜리 아이가 있었다. 새로운 직장을 구한다면 육아는 어떻게 해야 할지, 새로운 직장을 구할 수나 있는 건지, 만약 공백기가 길어진다면 그사이에 어떻게 버텨야 할지……

"나도 진희 씨 그동안 열심히 하신 거는 아는데, 회사 정책이 그런데 일개 부장이 무슨 힘이 있겠어요. 진희 씨가 나 좀 양해해주세요, 예? 그래도 나중에 정규직 채용 계획 생기면 계약직 경력 있는 사람들한테 가산점이 있으니까 진희 씨한테 훨씬 유리할 겁니다. 정권 바뀌면 경제도 좋아지고 그러겠죠, 안 그래요? 그럼 다시 매장으로 복귀하시고, 남은 기간도 지금처럼 잘 부탁드릴게요."

이 부장은 테이블을 콩콩 두들기고는 자리로 돌아갔다. 고 대리도 황급히 서류를 정리하더니 진희에게 꾸벅 인사하고는 밖으로 나가버렸다.

 이혼하고 며칠간은 배신감이나 분노 같은 감정에 휩싸였다. 왜 이런 일을 겪어야 하느냐며 팔자를 탓하기도 했다. 하지만 태율을 두고 그따위 감정에 오래 젖어 있을 수는 없었다. 상처가 아물 틈도 없이 다시 생활에 뛰어들어야 했다. 일을 하고, 육아를 하고, 집안일을 하다 보면 시간이 어떻게 지나갔는지 기억도 나지 않았다. 침대에 누우면 오늘 하루도 어떻게든 버텨냈다는 안도감보다 내일이면 무너져버리는 것 아닐까 하는 두려움이 더 컸다.

 그래도 이제야 좀 적응이 되어간다고 생각했는데, 잘 키우고 있다는 말을 듣고 조금은 다리를 펴볼까 했는데 새로운 문제에 또다시 발목을 잡히고 말았다. 발목은 이제 너덜너덜할 지경이었다. 이 세상은 아무래도 진희의 발목이 뜯겨나갈 때까지 달려들 작정인 것 같았다.

 진희는 사무실에서 나와 직원 출입구로 향했다. 철문을 열고 계단을 내려갔다. 다리에 힘이 실리지 않아 손잡이를 꼭 잡았다. 어두운 공간에 비상등 불빛이 뿌옇게 퍼졌다.

 예리는 농구가 도피처라고 했다. 진희는 문득 마트가

지금까지 자신의 도피처가 되어줬다는 생각이 들었다. 마트에서 일할 때만큼은 다른 감정을 잠시 제쳐둘 수 있었다. 한 아이의 엄마로서 열심히 살아가고 있다는 위안을 얻기도 했다. 한 달에 한 번, 계좌에 들어오는 돈으로 태율을 먹이고 입혔다. 마트는 그렇게 세상의 온갖 위협으로부터 진희를 감춰주었다.

1층에 도착한 진희는 철문 손잡이에 손을 올렸다. 날카로운 냉기가 돌았다. 더 이상 이곳이 자신을 세상으로부터 감춰주지 않는다는 기분이 들었다. 문을 열고 매장으로 들어서자 환한 불빛이 시야를 채웠다. 고객들 틈을 지나 자신이 담당하는 16번 코너에 닿았다. 진희는 종종 물건들에 말을 걸곤 했다.

너 오늘부터 세일이야, 너는 사람들이 왜 안 사가지, 누가 떨어뜨렸었나 보네, 너 귀퉁이 찍혔다……. 오픈조일 때는 잘 잤냐고, 마감조일 때는 내일 또 보자는 인사를 건네기도 했다. 물건들은 말이 없었지만 그 자리에 그대로 놓여 있는 것만으로도 진희에게는 답이 되었다.

'나 이제 어떡해.'

진희는 매대 앞에 우두커니 서서 물건들에 답을 구했

다. 물건들은 평소처럼 아무런 대꾸도 없었지만 왜인지 시선을 피하고 있다는 느낌이 들었다.

'너희도 벌써부터 나를 잘라내는구나.'

변하지 않을 거라 믿었던 것들은 결국 종이 위에 새겨진 잉크에 불과했다. 혼인신고서도, 근로계약서도. 종잇장만큼이나 얇은 약속을 철석같이 믿고 있었다니. 이렇게 베일 수 있다는 것도 모르고. 진희는 아주 긴 종이에 어깻죽지부터 골반까지 선명하게 베인 느낌이었다.

14

 예리는 면접 시간보다 한 시간 일찍 회사 건물 앞에 도착했다. 어젯밤부터 강박장애 증상이 더 심해진 탓에 잠도 제대로 자지 못했지만, 면접 도중에 강박이 튀어나오는 걸 막기 위해 일찍 도착해서 마음을 다잡을 요량이었다.
 '아무것도 아니다. 잘할 수 있다.'
 건물 앞 벤치에 앉아 출입문을 드나드는 사람들을 바라보며 혼자 주문을 외웠다. 하지만 면접 시간이 다가올수록 커지는 불안감을 막기에는 역부족이었다. 예리는 텀블러 뚜껑을 열고 닫다가 손수건을 접었다 폈다. 불안감이 좀 잦아드나 싶어 동작을 멈추면 또다시 강박이 시작되었다. 결국 예리는 종류를 바꿔가며 계속 강박 행동을 할 수밖에 없었다.

'면접을 통과한 사람이 저렇게나 많은데.'

예리는 그들의 모습을 바라보며 그들 중 하나가 된 자신의 모습을 상상했다.

매일 아침 이곳으로 출근을 한다. 손에는 커피나 샌드위치 같은 것을 들고 아무렇지 않다는 듯 출입구에 사원증을 찍는다. 엘리베이터를 기다리는 사람들의 표정은 다양하다. 피곤해 보이거나 인상을 찌푸린 사람도 있고 핸드폰을 보며 혼자 웃는 사람도 있다. 누군가는 동료들과 가벼운 이야기를 나누기도 한다. 엘리베이터를 타고 소속팀이 있는 층에 내린다. 벌써 출근한 사람들과 인사를 주고받는다. 책상에 앉아 마우스를 흔들면 어제 남겨두고 간 업무가 모니터 위로 나타난다. 커피를 한 모금 마시고, 짧게 한숨도 쉬고, 천천히 키보드에 손을 올린다. 그렇게 책상에 앉아 개발을 하고 디버깅을 한다. 점심이 되면 식사를 하고, 점심이 끝나면 다시 책상에 앉는다. 때때로 회의를 하기도 하고…….

디테일을 추가할수록 오히려 더 멀게 느껴졌다. 1년 넘도록 취업 준비를 하면서 지금이 결승선에 가장 가까이 온 순간인데, 여기서 더 나아갈 힘이 나질 않았다. 예리를 붙잡고 있는 것은 바늘구멍 같은 경쟁률이 주는 압박감이 아니었다. 좀처럼 진정되지 않는 불안감도 불합격에 대한 걱정에서 비롯된 것이 아니었다. 기껏해야 어리광이나 현실도피밖에 안 되는 것 같아 마음 한구석에 처박아둔 질문이 자꾸만 예리의 목을 조여왔다.

'이 일, 정말로 하고 싶어?'

이제 면접은 이십 분 앞으로 다가왔다. 여기까지 오기 위해 되고 싶었던 것들을 포기했고, 두 번의 수능을 치렀고, 셀 수 없을 만큼 많은 강박 행동을 했다. 겨우 '정말로 하고 싶어?'라는 질문 때문에 돌아서기에는 이미 너무 많은 것을 잃었다. 잃어버린 것들에 대한 보상을 받기 위해서는 이번 면접 기회를 잘 살려야만 했다. 당당하게 사원증과 명함을 받고 나면 친구들 앞에서 패배감을 느낄 필요도, 엄마에게 거짓말을 할 필요도 전부 사라진다. 지긋지긋한 강박도 줄어들지 모른다.

그러나 예리의 몸은 건물 반대 방향을 향했다. 한 걸음씩 건물에서 점점 멀어졌다. 이렇게 떠나서는 안 된다고, 당장 돌아서라는 목소리가 들렸다. 목소리는 귓가를 때리고 머리채를 잡아당겼다. 예리는 잠시 멈춰 섰다. 아직 늦지 않았다. 고작 몇십 미터밖에 나아가지 못했고, 지금 돌아간다면 면접 시간을 충분히 맞출 수 있었다. 목소리는 더욱 커졌다. 그건 분명 엄마의 목소리였다.

예리는 고개를 돌리지 않았다. 가방에서 이어폰을 꺼내 아무 노래나 크게 틀었다. 목소리를 막기 위해서였다. 이어폰 케이스를 가방에 집어넣고 지퍼를 단단히 채웠다. 다시 걷기 시작했다. 아까보다 커진 보폭으로 성큼성큼 목적지도 정하지 않고 무작정 걸었다. 음악마저 뚫고 신경을 긁어대는 엄마의 목소리를 떨치기 위해 속도를 올렸다. 서류 가방 속에서 물건들이 요동치는 것이 느껴졌다. 어느덧 예리는 달리고 있었다.

예리가 도착한 곳은 구민 체육 센터였다. 왜 여기에 닿았는지 알 수는 없었지만, 체육관 문에 손을 올리자 귓가에 울리던 엄마의 목소리가 마침내 사라진 것을 느꼈다.

혜경은 정장에 구두 차림으로 나타난 예리를 발견하고는 놀란 표정을 지었다.

"예리야, 어디 갔다 왔어?"

"면접……."

"그래? 고생했네. 잘 봤어?"

예리는 대답을 하지 못했다. 혜경이 예리를 보니 셔츠가 땀에 젖어 있었다.

"땀은 왜 이렇게 흘렸어?"

"좀 뛰어 오느라고요. 쌤, 저 옆에서 연습해도 돼요?"

"그래, 곧 수업 시작해야 하니까 저쪽 구석에서 연습하고 있어."

"감사합니다."

예리가 고개를 꾸벅 숙이고는 구두를 벗었다. 덧신만 신은 발로 공 보관함으로 걸어가 공을 하나 집어 들었다. 한쪽 구석에 자리를 잡은 예리는 곧 드리블 연습을 하기 시작했다. 체육관이 울릴 만큼 강한 드리블이었다. 몸은 아무런 망설임도 없이 움직이고 있었지만, 얼굴에는 온갖 복잡한 감정이 섞여 있었다. 그 모습을 혜경이 걱정스럽게 바라보았다.

혜경이 수업을 하는 오십 분 동안 예리는 드리블을 멈추지 않았다. 파운드, 크로스오버, 비트윈 더 레그, 비하

인드 더 백……. 뇌가 혼란스러워질 만큼 다양한 드리블을 섞어가며 몸을 움직였다. 덧신 때문에 미끄러운 발바닥도, 신축성이 없는 정장 차림도 예리의 움직임을 제지하지 못했다.

수업을 끝낸 혜경이 예리를 불렀다.

"예리! 이예리!"

예리는 못 들었는지 계속 드리블을 쳤다. 삑! 삑삑삑삑! 혜경이 호각 소리를 쏘아대고 나서야 예리가 고개를 돌렸다.

"이리 좀 와 봐. 드리블만 벌써 몇 개째야."

땀에 흠뻑 젖은 예리가 터벅터벅 걸어왔다. 신발을 신지 않은 탓에 발바닥이 코트에 닿을 때마다 쿵쿵 둔탁한 소리가 났다.

혜경이 예리의 어깨에 손을 얹으며 물었다.

"면접 보러 가서 무슨 일 있었어?"

예리는 말없이 고개를 저었다. 쉬지 않고 드리블을 한 탓에 아직 호흡이 거칠었다.

"야, 왜 이렇게 풀이 죽었어. 어차피 열 번 떨어져도 한 번만 붙으면 장땡이잖아. 예리 너처럼 똘똘한 애를 못 알아본 회사 잘못이지, 안 그래? 다음번에 더 좋은 데 붙을 거야."

혜경이 손에 힘을 줘서 예리의 어깨를 주물러주었다.

"쌤, 저 면접 안 보고 왔어요."

"응? 아까 면접 갔다 왔다며?"

"그게…… 갔는데 안 보고 그냥 왔어요."

"왜? 제시간에 못 갔어?"

"아니요, 한 시간 일찍 갔어요. 회사 앞에 앉아서 계속 생각했는데, 면접을 보는 게 맞는지 모르겠더라고요. 그 일을 하고 싶다고 생각한 적이 한 번도 없었거든요. 저도 쌤처럼 하고 싶은 일 해보고 싶어요. 실패하고 후회하더라도 한 번이라도 그렇게 해보고 싶어요. 근데 지금까지 가라는 길로만 갔더니 어떻게 해야 할지 모르겠어요. 대책도 없이 그냥 일단 냅다 도망쳐 나온 거예요. 지금 생각하니까 이러는 게 또 우습기도 하고……."

"네 얼굴 보고 면접 대차게 말아먹었구나 싶어서 위로라도 해주려고 했는데, 완전히 헛짚었네. 공 줘봐."

"공이요?"

"드리블 연습은 많이 했잖아. 슛 연습도 해야지."

예리가 혜경에게 공을 건네주었다. 공을 받아 든 혜경은 자유투 라인에 서서 부드러운 동작으로 슛을 던졌다. 공은 림에 스치지도 않고 그물을 철썩 갈랐다.

"예리 네가 지금 스물여섯이지?"

"네."

"나는 지금 하는 강사 일이 꽤 마음에 들거든? 근데 내가 이 일을 찾은 게 스물일곱 때야. 너보다 1년 늦어."

"쌤 농구 시작한 게 초등학교 3학년 때부터라고……."

"그건 선수잖아. 강사 일이랑은 완전히 다르지."

혜경이 한 번 더 자유투를 던졌다. 이번에도 깔끔한 성공이었다. 예리는 그런 혜경을 가만히 쳐다보았다. 혜경은 공을 주워 오더니 다시 말을 이었다.

"내가 스물셋에 프로에서 방출되고 나오면서 농구 관련된 물건은 싹 갖다 버렸어. 농구는 정말 꼴도 보기 싫어서 농구랑 아예 상관없는 일들만 구했지. 그렇게 4년을 빡세게 굴렀거든? 잊으려고 더 악착같이……. 그러다 오랜만에 고등학교 농구부 선배를 만났어. 그 언니가 요즘 어떻게 지내냐길래 나는 농구 그만두니까 속이 다 편하다고 떠들어댔지. 언니가 한참 듣다가 딱 묻더라고. 진짜로? 아, 진짜라고 대답하려는데 갑자기 입이 안 떨어지는 거야. 언니가 내 눈을 뚫어지게 쳐다보고 있었거든. 그때 갑자기 눈물이 죽죽 쏟아지더라고. 내가 프로에서 방출될 때도, 4년 동안 욕먹어가면서 다른 일 배울 때도 한 번을 운 적이 없는 사람인데. 그때는 서럽게 막……."

혜경이 공을 잡지 않은 손으로 눈물이 쏟아지는 시늉을 했다.

"간신히 버텨왔던 게 무너졌던 것 같아. 방출되고 나서 힘든 티 안 내고 센 척 하고 다녔거든. 그 언니한테는 다 보였나봐. 언니도 나랑 처지가 비슷했으니까. 그때 언니가 그랬어. 우리가 평생 운동선수 하면서 버티는 힘만 생겨서, 미련하게 버틸 줄만 안다고. 그러다 병 나는 것도 모르고. 한참 울고 나서 언니한테 말했어. 농구는 하고 싶은데 도무지 용기가 안 나요, 또 실패할까 봐 너무너무 무서워요, 라고."

무섭다는 혜경의 말이 예리를 툭툭 건드렸다.

"쌤이 그러셨는지 몰랐어요."

"생긴 건 이래도 나 겁 되게 많아."

혜경이 씨익 웃고는 또 한 번 슛을 던졌다.

"그때 여기 처음 온 거야. 그 언니가 여기서 강사로 일하고 있었거든. 보조강사부터 하면서 조금씩 다시 시작해보라고 아르바이트 자리를 소개해줬어. 누굴 가르쳐보는 건 처음이었는데, 생각보다 잘 맞더라고. 초등학교, 중학교 애들 가르치다 보니까 내가 농구를 처음 좋아하게 됐을 때 느꼈던 감정도 살아나고. 그때 이거구나 싶었지. 얼마 후에 언니가 이직하면서 내가 강사 자리를 물려받았고, 그 다음 달인가 예리 네가 등록했지 아마. 그게 나 스물일곱 때야. 너 절대 안 늦었어."

"저는 지금까지 도망만 쳤지 쌤처럼 제대로 뭘 해본 적도 없어요."

"공 잡아봐."

혜경이 예리에게 공을 던졌다. 예리는 갑작스럽게 날아온 공을 가까스로 잡아냈다.

"자유투 라인에 서봐. 슛 좀 보자."

예리는 얼떨떨한 얼굴로 자유투 라인에 섰다. 바닥에 서너 번 공을 튀기고는 후 하고 깊은숨을 내쉬었다. 림을 바라보며 무릎을 살짝 굽혔다가 쭉 펴면서 팔을 뻗었다. 손끝으로 공을 채야 하는데 그대로 훌렁 빠져나가면서 옆으로 크게 빗나갔다.

"다시 자세 잡아봐. 슛 폼에 정답은 없어. 물론 모범 답안이라는 게 있고 나도 그걸 기준으로 알려주고 있지만, 그것도 어디까지나 참고 사항일 뿐이야. 이미 자기만의 정답을 찾은 사람들이랑 너를 비교할 필요 없어. 개개인의 신체 조건이 다르고 리듬도 제각각인데, 자기한테 맞는 폼을 찾아가야지."

혜경이 자세를 조금 고쳐준 뒤 예리가 다시 슛을 던졌다. 이번에는 거의 들어갈 뻔했다.

"좋네. 내가 해줄 수 있는 건 딱 이 정도야. 당장 골이 들어가든 말든 그건 하나도 안 중요해. 아무렇게나 던져서 운 좋게 들어가는 것보다, 백 번 튕기더라도 그 과정에서 네 자세를 찾아가는 게 백 배 천 배 중요해. 계속 던져보고, 안 들어가면 팔꿈치 위치나 발 놓는 위치를 바꿔보든 이것저것 해봐야지. 다시 던져봐."

예리가 공을 잡은 손에 힘을 주었다. 순간 골대가 너무 높고 멀어 보였다. 공을 골대까지 보내기 위해 잔뜩 힘을 실어 던졌다. 공은 백보드 상단을 때리고 크게 튕겨 나갔다.

"조금 전에는 거의 들어갈 뻔했는데 지금은 아예 빗나

갔잖아. 근데 그때 쫄면 안 돼. 안 들어갔다는 결과는 잊고, 내 자세가 어디서 흐트러졌는지 그것만 생각해. 공은 예리 네가 잡고 있잖아. 안 그래? 어떤 자세로 어떻게 던질지는 다 네가 선택하는 거야. 이번 기회가 마지막도 아니고, 튕겨 나오면 주워서 다시 던지면 돼. 오케이?"

예리가 공을 내려다보았다. 공은 분명히 자신의 두 손 위에 놓여 있었다. 숨을 가다듬고 다시 자세를 잡았다. 허리춤에 잡은 공을 미간까지 일자로 들어 올리다가 인중을 지나는 순간 팔을 쭉 폈다. 공이 손가락 끝을 떠날 때 손목을 튕겨내듯 공을 채는 것도 잊지 않았다. 예리가 던진 공은 힘찬 포물선을 그리며 날아갔다.

15

 진희는 마감 업무를 끝내고 밤 열한 시가 넘어서야 마트를 나섰다. 핸드폰에는 메시지 알림이 쌓여 있었다. 아빠가 태율을 픽업할 때 주고받은 연락을 제외하고는 하루 종일 핸드폰을 확인하지 않았다. 고객이 많지 않은 날이라 중간중간 쉴 틈이 있었지만 계약 종료 통보 탓에 다른 곳에 신경을 쓸 여력이 없었다.
 ―언니, 고생 많으셨어요! 덕분에 일정 잘 치르고 왔습니다. 감사합니다. 내일 뵐게요.
 예리의 메시지였다. 역시 귀여운 오리 이모티콘이 붙

어 있었지만, 이번에는 그걸 보고도 웃을 수 없었다.

아빠도 몇 통의 메시지를 남겨두었다. 태율이 데리고 집 잘 도착했다, 밥 먹였다, 씻겼다, 잠들었다…….

―태율이 잠들었으면 먼저 들어가세요. 저 금방 가요.

진희는 아빠에게만 짧게 답장을 보내고 핸드폰을 주머니에 넣었다. 무의식적으로 한숨이 나왔다. 진상 고객에게 시달린 날도 퇴근하면 모든 게 풀어지곤 했는데, 오늘은 마트에서 멀어질수록 마음이 점점 더 무거워졌다. 보도블록 하나하나가 발바닥에 쩍쩍 달라붙고 가로등 불빛이 뺨을 할퀴었다.

집에 도착한 진희는 도어록 비밀번호를 하나씩, 최대한 느리게 눌렀다. 삑…… 삑…… 삑…….

띠리릭.

비밀번호를 다 누르지도 않았는데 문이 열렸다.

"왔어?"

"아, 네."

집으로 걸어오는 동안 정신이 온통 마트에 팔려 아빠가 집에 있을 거라는 생각은 미처 못 했다.

"늦게까지 고생 많았네. 얼른 들어와. 밥은?"

이혼한 뒤로는 텅 빈 집에 들어가는 것이 익숙했기에 아빠의 환대가 낯설었다. 마트에서 하루 종일 겪은 냉대와 비교하면 지나치게 따뜻했다.

"먹었죠, 시간이 몇 신데. 태율이 잠들면 들어가셔도 된다니까. 쟤 잠들면 누가 업어 가도 몰라요."

그 온도 차가 진희를 방어적으로 만들었다. 아빠도 고생 많았어요, 속으로는 그렇게 말을 하고 있었지만 겉으로는 다른 말이 튀어나왔다.

"그래도 애 혼자 두고 나가기가 좀 그래서. 잠귀 어두운 게 너랑 꼭 닮았네."

"닮았겠죠, 내가 낳았는데."

진희는 괜스레 더 퉁명스럽게 대답하고는 거실로 향했다. 식탁에는 맥주 캔 두 개가 놓여 있었다.

"술 드셨어요?"

"많이는 아니고, 조금."

아빠는 변명하듯 손을 저었다. 진희는 맥주 캔을 들었다. 하나는 텅 비어 있었지만, 나머지 하나는 가득 차 있었다.

"너 왔으니까 이제 가야지."

"이건 어떻게 하시게요?"

진희는 가득 차 있는 맥주 캔을 가리켰다.

"그건 너 마시든지 아니면 내가 버리고 갈게."

"남았는데 아깝게 왜 버려요. 드시고 가세요."

"시간이 너무 늦었어. 너도 쉬어야지."

"술 드신 거 보니까 차는 안 끌고 오셨을 거 아니에요."

"응, 버스 타고 왔지."

"버스 한 번에 가는 것도 없는데. 지금 가면 중간에 끊겨요. 주무시고 가세요."

"자고 가라고? 아유, 됐다. 괜히 너 불편하게."

"뭐가 불편해요. 남도 아니고 아빠가 자고 간다는데."

걱정하는 듯 말했지만 진희 스스로를 위한 일이었다.

"괜찮다니까 그러네."

"버스 끊긴다니까요."

"버스가 진짜 끊겨?"

"끊긴다고요."

"그럼 뭐 이번 한 번만……."

"네, 금방 씻고 올 테니까 나오면 같이 마셔요. 혼자 드시지 마시고."

오늘 진희에게는 기댈 곳이 필요했다.

"좋지, 오랜만에 우리 딸이랑. 뜨끈한 물로 푹 씻어."

유난히 지쳐 보이는 딸을 바라보는 아빠도 그 마음을 모르지 않았다.

머리를 말리고 나오니 벌써 자정에 가까웠다. 진희는 접시에 마른안주를 담고, 맥주 두 캔을 꺼내 식탁에 올렸다. 아빠와 단둘이 술을 마시는 건 꽤 오랜만이었다. 마지막 자리가 결혼을 하기 직전이었으니 벌써 5년이 지났다.

진희가 자기 몫의 맥주 캔을 따며 물었다.

"집에서도 혼자 자주 드세요?"

"아니, 그냥 너 기다리면서 할 것도 없고 해서."

아빠도 맥주 캔을 땄다.

"저를 기다리셨어요? 왜요?"

"왜긴, 딸이 밤늦게까지 일하고 온다는데 안 기다리는 부모가 어디 있겠냐."

"애도 아니고 뭘요. 저 잡아갈 사람도 없어요."

"그래도 항상 조심해야 하는 법이야."

진희가 고개를 끄덕이는 듯 마는 듯 살짝 움직이고는 맥주를 마셨다. 누군가로부터 걱정 어린 말을 듣는 건 오랜만이었다.

"늦게 퇴근하는 날에는 웬만하면 걸어오지 말고 버스 타. 차를 끌고 다니든지. 요즘 세상이 흉흉하잖아."

분명 이런 말들이 귀찮고 짜증 날 때가 있었는데, 지금은 좀 더 듣고 싶은 마음이었다.

"알았다니까요."

틱틱거리는 대답에 아빠는 못마땅한 표정으로 꿀꺽꿀꺽 맥주를 삼켰다. 진희는 아빠의 그런 얼굴이 싫지 않았다.

"태율이 키우는 건 할 만해?"

"할 만하긴요. 매일 간신히 하죠."

"내가 괜한 걸 물었네. 애 하나 키우는 데 온 마을이 필요하다는데, 그걸 혼자 하고 있는 사람한테."

"뭐 아빠는 안 그랬어요?"

"내가 너 혼자 돌보기 시작했을 때는 이미 너 다 컸을 때부터였는데, 뭘. 혼자서 밥도 먹고 학교도 가고 하는데 내가 바쁠 게 뭐 있다고. 너 혼자 큰 거지."

"내가 무슨 혼자 컸어. 아빠가 키웠잖아요. 일하고 와서 밥 챙겨주고, 사달라는 거 사주고, 학원 보내주고, 딸이라서 더 어려웠을 사춘기 변덕스러운 짜증 다 받아주고. 그

거 다 누가 했는데요?"

"그것도 안 하면 아빠겠니."

"그만큼 잘하기도 어려웠다고 생각해요. 나는 태율이 대학 보낼 때까지 키울 생각 하면 벌써 막막해 죽겠는데. 아빠는 나를 도대체 어떻게 키우셨어요? 그때는 인터넷에서 뭘 찾아보지도 못했을 텐데."

"글쎄. 나는 못 해준 것만 생각나고 다른 건 기억도 안 나. 나는 네 생각하면 늘 미안한 마음뿐이야."

아빠는 맥주를 마시지도 않고 캔만 만지작거렸다. 알루미늄이 움푹 들어갔다가 펴지기를 반복하며 금속 튕기는 소리가 났다.

"뭘 또 미안하다고 그래요, 듣는 내가 미안하게."

"그동안 미안하다는 말도 제대로 해주지 못했어. 저번에도 그래, 집에 돌아가면서 곰곰이 생각해봤는데 너한테 미안하다는 말도 안 하고 나왔더라고. 네가 그렇게 알아서 한다고 했는데도 잔소리를 해대고, 네 사정도 모르고 그놈 만나서 네 속이나 뒤집어놓고. 그런데도 너한테 미안하다는 말 한 번 못 했다."

"난 또 뭐라고. 됐어요, 벌써 지난 일인데."

"지난 일을 여태껏 끌고 온 게 잘못이지. 미안하다. 그리고 너한테 꼭 해야 할 말이 하나 더 있어. 이것도 지난번에 하려다가 못 했던 거야."

아빠는 자리에서 일어나더니 가방을 뒤적거렸다.

"뭔데요?"

다시 자리로 돌아온 아빠의 손에는 서류철 하나가 들려 있었다.

"내가 참 오랫동안 너한테 미안했던 게 있어. 네 말대로 다 지난 일이고 이미 너무 멀리까지 와버려서 무슨 소용이 있나 싶지만, 그래도 더 늦기 전에 하는 게 나을 것 같아."

아빠는 서류철에서 종이를 꺼내 진희 쪽으로 밀었다. 진희는 종이를 집어 들었다.

"이걸 한다고요? 지금 와서?"

제목을 읽은 진희가 종이를 앞뒤로 돌려보았다.

"절차야 밟아야겠지만, 네 엄마가 10년도 넘게 해달라고 사정했던 일 아니냐. 서류도 애초에 그쪽에서 보낸 거고. 내가 사인만 하면 금방 마무리되겠지."

아빠의 이혼 서류였다.

"솔직히 나는 이제 상관 안 해요. 어차피 그 사람이 내 엄마라고 생각하지 않은 지도 한참 됐으니까."

진희는 다시 아빠 쪽으로 종이를 밀었다.

"진작 했어야 했는데 너무 늦었지. 네가 그렇게 이혼하라고 말했을 때는 내 고집만 세우느라 듣지도 않고."

"어떻게 하시든 상관은 없어요. 근데 나도 아빠한테 하나만 물어볼게요. 지금까지 도대체 왜 그렇게 사셨어요? 그 사람 어차피 없는 거나 마찬가지였잖아요. 아빠가 이혼 안 하고 기다려주면 그 사람이 언젠가 다시 돌아올 거라고 생각했어요?"

"네 엄마가 처음 그러고 나서 1, 2년 동안은 그랬다."

"돌아온다고 해도 아무렇지 않은 척 다시 살아갈 수는 없잖아요. 아빠는 그럴 수 있었어요?"

"글쎄, 쉽지는 않았겠지. 근데 나한테 제일 중요한 건 너였어. 너를 엄마 없는 아이로 키울 수 없다고 생각했어."

"어차피 없는 거나 마찬가지였는데요, 뭘."

"그래. 너 중학교 가고부터는 엄마 얼굴 못 본 날이 더 많았을 텐데. 그래도 그렇게 서류상으로라도 남아 있는

편이 나을 거라고 생각했어. 너한테 엄마가 없는 거나 마찬가지라는 사실은 달라지지 않겠지만, 법적으로는 남을 수 있잖아. 서류상으로 묶여 있는 이상 너는 엄마 아빠를 둘 다 가진 거니까. 그때 나는 그게 그만큼 중요한 일이라고 생각했어. 네 속 썩어들어가는 것도 다 알았는데, 그래도 언젠가는 내 결정이 너한테 도움이 될 줄 알았다. 지금 돌아보면 다 헛된 생각이었지. 적어도 그 사람이 너한테 팔자다 뭐다 악담을 쏟아놓을 때 내가 정신을 차렸어야 했는데……. 이미 너무 늦어버린 거야. 엄마가 있든 없든 너는 참 씩씩하고 훌륭하게 자라고 있었는데, 내가 쓸데없는 데 힘을 쏟았어. 그동안 못난 모습만 보이면서 네 속만 태웠다. 이제라도 그걸 끝내고 싶어. 내가 너한테 사죄할 수 있는 길은 이것뿐이야."

"아빠 맘대로 해요. 나한테 무슨 사죄를 한다고 그래요."

진희는 엄마와 다투고 난 뒤 혼자 남겨지길 반복했던 아빠의 얼굴을 떠올렸다. 그때는 도무지 이해할 수 없던, 답답해서 쳐다보기도 싫었던 그 얼굴. 거기에는 아빠만의 사정이 있었다. 견디고 살아내야 할 이유가 있었다. 그게 진희였다. 엄마가 되고도 왜 아직까지 그걸 몰랐을까.

부모가 이성적으로 이해할 수 없는 행동을 한다는 건 대부분 제 품의 자식을 지키기 위함이라는 것을.

"아빠가 미안해."

"알았으니까, 나한테 미안하니 마니 그런 말은 이제 그만해요. 나도 지난번에 아빠한테 나쁜 말 잔뜩 쏟아냈잖아요. 그걸로 퉁쳐요."

"정말로 미안하다."

"계속 미안하다는 말만 할 거면 이제 아빠랑 아무 말도 안 해요."

"그래, 안 할게. 고맙다, 이렇게 네 속만 썩인 아빠 밑에서도 잘 커줘서."

"내가 뭘 잘 커요……."

"제대로 된 사랑도 못 받고 컸는데, 세상 훌륭한 엄마가 됐잖아. 태율이 보면 안다."

"나 아직 다 못 큰 것 같아요. 이 나이 되어서도 아빠 도움이 필요하잖아요."

"오늘 태율이 맡긴 거 때문에? 일 다니면서 어떻게 혼자 아이를 돌봐. 그건 도움이라고 생각할 필요도 없어."

"저 다다음 달이면 회사에서 쫓겨나요. 새 직장 구하면 스케줄이 어떻게 바뀔지 몰라요. 그때는 아빠한테 태율이 더 많이 부탁해야 할지도 모르고요."

아빠의 온기에 잠시 가려졌던 계약 종료 문제가 진희를 툭툭 건드렸다.

"걱정할 게 뭐 있니, 나한테 맡기면 되지."

아빠가 진희의 손을 잡았다. 기억도 희미할 만큼 오래된 감촉이었다.

"이제껏 해준 건 별로 없지만, 그래도 아직 아빠 노릇할 시간이랑 힘은 남아 있어."

아빠는 항상 같은 자리에 있었다는 사실을 오랜 시간 잊고 있었다. 대학에 들어가고 독립하면서부터 조금씩 지워졌던 것 같다. 언젠가부터 아빠는 저기 멀리 떨어져 있는 존재, 각자의 자리에서 각자의 삶을 살아가고 있는 존재가 되었다. 한때 진희의 전부였고 제 앞가림도 못 하면서 짜증만 부리던 시절에 모든 걸 해준 사람이었는데, 그 고마움은 싹 다 잊고 미움만 기억했다. 받은 것에 비하면 한 줌도 안 되는 미움 때문에 아빠를 자신의 삶 밖에 두었다. 아직도 부르면 제일 먼저 달려오고 늘 미안하다면서 더 챙겨줄 궁리만 하는 사람을.

"너는 걱정 말고 새 직장 구하고, 돈도 벌고, 그 힘으로 태율이 쑥쑥 키워라. 아빠가 힘 닿을 때까지는 너 혼자 안 둬."

아빠가 손에 지그시 힘을 주었다. 진희는 울컥했지만, 이 순간을 눈물로 희석시키고 싶지 않았다. 고개를 한껏 젖혀 맥주를 꼴깍꼴깍 삼켰다.

"잘 마시네, 우리 딸."

"잘 들어가네요."

"좀 더 있냐?"

아빠가 빈 맥주 캔을 슬쩍 들었다 내려놓았다.

"그럼요, 더 드릴게요."

아빠는 안방에서 자라고 해도 기어이 거실에서 자겠다고 고집을 피웠다.

"난 바닥 생활을 오래 해서 이게 더 편해."

진희는 아빠 등이 배기지 않게 이불을 최대한 두툼하게 깔았다. 조만간 바닥용 매트라도 사야겠다는 생각을 했다. 텔레비전과 형광등을 끄고 옅은 전구 조명을 켰다. 천장을 향하는 간접등이 거실을 은은한 빛으로 채웠다.

맥주를 마셔서인지 나른했다. 진희는 곧장 방으로 들어가는 대신 소파에 누웠다.

"안 들어가?"

"좀만 누워 있다가 들어가려고요."

"그러다 잠든다. 소파에서 자면 불편해."

"알아서 할게요. 잔소리쟁이야, 진짜."

"그러는 너는 아주 고집쟁이다. 말도 안 듣고."

"침대에서 자라고 해도 여기 누운 게 누군데요?"

"그건 너 편하게 자라고 하는 거지."

"그럼 난 여기서 편하니까 잔소리 그만하세요."

아빠가 무어라 한 마디 얹으려다가 웃어버렸다.

"아빠."

"응?"

"나 어릴 때 아빠가 나 공원에 데리고 나가서 같이 농구했잖아요."

"그게 기억이 나?"

"당연하죠. 아빠 집에 사진도 있잖아요."

"그랬지, 데리고 나가면 네가 참 좋아했어."

"아빠가 농구 좋아해서 데리고 나간 거였잖아요."

"너도 얼마나 재밌게 했는데. 네가 먼저 나가자고 한 적도 있어."

"그래요?"

"그럼."

"근데 여덟 살 때부터는 안 데리고 나갔잖아요. 왜 그랬어요?"

"그랬나? 그건 기억이 잘……."

아빠는 장난스럽게 헛기침을 했다.

"저 요즘 농구해요."

"농구?"

"네, 일주일에 한 번씩 구민 체육 센터에서 프로 출신 선생님한테 배워요. 아, 맞다. 같이 수업 듣는 수강생이 지금 마트에서 같이 일하는 친구예요. 수업 들으면서 좀 친해졌는데, 지난번에는 태율이까지 봐줬다니까요. 태율이가 아주 잘 따라요."

"태율이도 같이 나가는 거야?"

"네, 태율이도 농구 좋아해요. 우리 가족이 뭔가 피가 있나 봐요."

"그래? 태율이가 농구선수 하겠다는 건 아닌가 몰라."

"뭐, 하고 싶다면 시켜야죠. 집 근처에 공원이 있어요. 거기 작은 농구코트도 하나 있는데 내일 밥 먹고 같이 나갈까요? 셋이 농구 하러."

"그래, 그거 좋겠다. 우리 딸 실력 좀 한번 봐야지."

"실력은요, 무슨."

"왜, 너 어릴 때도 제법 했었는데."

"아빠 눈에나 그랬겠죠."

"그런가."

"아빠."

"응?"

"고마워요. 오늘 태율이 봐주신 것도 그렇고, 예전에도……. 그냥 다 고마워요. 저번부터 말하려고 했는데 못 했어요."

"고맙긴. 얼른 들어가서 자."

"좀만 누워 있다가 들어갈게요."

"소파에서 자면 불편하다니까."

"아, 몰라요. 잔소리 좀 그만해요."

진희는 아빠에게 등을 돌리고 누웠다. 계약 종료 통보를 받고 나서 하루 종일 속이 허했었는데, 잔소리를 잔뜩 먹고 나니 배가 든든했다. 아빠가 등에 대고 방에 들어가라는 소리를 했지만 진희는 오늘 밤 소파에서 잠들 생각이었다. 움직였다가는 잔소리로 부른 배가 다 꺼질 것 같아서. 그게 아까워서 쿠션을 베고 눈을 감았다.

16

 예리는 자취방 벽면 행거에 걸린 마트 유니폼을 바라보았다. 이제 저 유니폼을 입을 날도 며칠 남지 않았다. 내일은 집에 엄마가 오기로 했다. 이번에는 유니폼을 그대로 걸어둘 생각이었다.
 "엄마, 나 사실 회사 안 다녀. 마트에서 일하고 있어. 다음 주부터는 학원 다니면서 아르바이트할 거야. 전부터 하고 싶은 게 있었는데, 이번에 한번 해보려고."
 예리는 엄마에게 할 말을 연습해보았다. 연습일 뿐인데도 심장이 쿵쿵 뛰고 불안했다. 당장 무슨 행동이라도 해야 할 것 같아 방을 둘러보았다. 건조대에 걸린 수건, 책상에 놓인 볼펜, 싱크대에 담가둔 접시가 보였다. 종이에 낙서를 끄적이는 게 제일 낫겠다 싶어 책상 쪽으로 가던 중, 서랍에 넣어둔 약이 떠올랐다. 이틀 전 병원에서 처방받은 강박장애 약이었다.

예리는 병원에 가기 전, 유튜브에서 '정신과 첫 방문 꿀팁' 영상을 서너 편 정주행했다. 영상을 보면서도 괜히 마음이 두근거렸는데, 막상 출입문을 통과하니 다른 병원과 크게 다르지 않았다. 의사는 예리에게 몇 가지를 물었고, 예리는 그동안 겪은 증상을 말했다. 강박장애라는 진단과 함께 처방전을 받았다. 병원을 나서면서 그동안 접었다 폈던 수건들과 닳도록 닦았던 접시들이 떠올랐다.

약을 먹는 건 아직 어색했다. 손바닥 위에 알약을 올려두고 가만히 바라보았다. 이렇게 작은 것들이 도움이 된다는 것도, 이걸 받는 게 두려워 한참을 돌아왔다는 것도 모두 이상하게 느껴졌다. 예리는 눈을 감고 슛을 던지는 자신을 상상했다.

골대까지의 거리를 가늠하여 적당히 무릎을 굽히고, 허리춤 높이에서 공을 단단히 잡는다. 팔꿈치를 옆구리에 붙인 채로 눈으로 림을 정확히 조준한다. 후, 짧게 숨을 뱉고는 무릎을 펴면서 팔을 일자로 올린다. 공이 가슴팍을 지나 인중쯤 왔을 때 팔을 펴면서 점프한다. 공은 이제 손바닥에서 손가락으로 이동한다. 점프가 정점에 가까워질 때 손끝으로 힘껏 공을 챈다. 팽그르르 회전하는 공이 솟아오른다. 포물선을 그리며 림으로 날아간다.

예리는 눈을 뜨고 손에 있는 약을 내려다보았다. 혜경의 말처럼 공은 자신의 손에 있었다. 첫 번째 슛은 빗나갈지도 모른다. 그럼에도 경기는 끝나지 않을 것이다. 공이 손에 있는 한 계속해서 슛 찬스가 생길 것이고, 자신만의 자세를 찾는 순간 공은 정확히 그물을 가를 것이다.

예리는 물을 먼저 한 모금 머금고 입술을 살짝 벌려 약을 집어넣었다. 그러고는 물을 한 모금 더 들이키며 약을 꿀꺽 삼켰다. 목구멍을 타고 약이 내려가는 것이 느껴졌다. 불안으로 뛰던 심장박동이 조금 전까지와는 다른 리듬으로 느껴졌다.

17

 마트에서 점심 식사를 마친 진희와 예리가 카페를 향해 걸었다. 6월 중순이지만 벌써 뜨거운 햇빛 탓에 그늘 속에서 천천히 걸어야 했다.
 "언니, 다다음 달까지만 근무하신다면서요."
 "어떻게 알았어요? 내일 농구 가면 말해야지 했는데."
 "사무실 갔다가 고 대리님한테 들었어요."
 진희가 가볍게 웃으며 답했다.
 "뭐, 그렇게 됐네요. 정규직 좀 시켜줄 줄 알았더니만."
 "그러게요. 언니만큼 열심히 하는 사람이 어디 있다

고……."

"어쩔 수 없죠. 조만간 새 직장 찾아보려고요."

"근데 저도 곧 그만둬요. 다음 주까지만 일하기로 했어요."

"네? 아직 계약기간 많이 남지 않았어요?"

진희는 예상치 못한 소식에 발걸음을 멈췄다.

"네, 많이 남았죠. 그래서 고 대리님한테 갔다 온 거예요."

"예리 씨 취직한 거예요?"

"그건 아니고요. 예전부터 배워보고 싶은 게 있었는데, 더 늦기 전에 한번 해보려고요. 학원도 등록했어요."

"그러셨구나. 전공 쪽으로 더 배우는 거예요? 개발이라고 하나?"

"아뇨, 아예 다른 쪽이에요. 학원 시간 때문에 마트 일하기는 어려워서, 당분간은 다른 야간 아르바이트 좀 구하려고요."

"아이고, 학원 다니면서 야간 아르바이트까지 하면 힘들 텐데."

"마트 일로 단련됐잖아요."

예리가 주먹 쥔 손을 들어 보였다.

"그건 그렇지. 마트 일 할 체력이면 다른 데서도 잘할 거예요."

진희도 똑같은 포즈로 답했다.

"그래서 오늘 커피는 제가 사야 해요. 계약 끝나면 제가 사기로 했잖아요."

"다음 주까지는 한다면서요. 그때 사요."

"맨날 얻어 마시기만 하는데……."

"누가 들으면 오천 원짜리 커피 사주는 줄 알아요. 맞다, 농구는요? 농구는 나올 수 있어요?"

"그럼요. 학원이 일요일에는 쉬어요. 아르바이트도 일요일은 빼고 잡으려고요."

"잘 생각했어요. 예리 씨 센터에서 못 보면 너무 서운할 뻔했잖아. 태율이도 울었을 거예요."

"태율이 때문에라도 꼭 빼먹지 말고 나가야겠네요."

"그럼 혹시 이번 주나 다음 주에 언제 한번 시간 돼요? 예리 씨 퇴사 기념으로 맥주 한잔할까 싶은데."

"좋아요! 그럼 언니 집으로 가도 돼요? 태율이도 있으니까 그게 나으실 것 같아서."

"역시 예리 씨가 섬세하다니까. 저야 너무 좋죠."

"그날은 제가 맥주 사 갈게요. 이건 진짜 제가 사게 해 주셔야 해요. 저 엄청 많이 마실 거니까."

"알았어요. 아주 왕창 사 오세요. 저도 오랜만에 만취 한번 해볼 테니까."

"기대할게요. 근데 언니, 저희 빨리 가야겠어요. 점심시간 벌써 십 분밖에 안 남았어요."

"얘기하다가 시간 다 까먹을 뻔했네. 얼른 가요."

둘은 종종걸음으로 카페로 향했다.

18

 지난 수업에 빠졌던 진희가 이 주 만에 코트에 들어섰다. 혜경은 진희와 태율을 반갑게 맞아주었다.
 "진희 씨 오셨네. 태율이도 잘 지냈어?"
 "네, 안녀하세우우."
 "어유, 인사도 잘해. 자, 가서 놀아."
 혜경이 공을 건네주자 태율이 덥석 안고는 코트 반대편으로 달려갔다.
 "지난주에 진희 씨 안 나와서 나 예리랑 엄청 운동했잖아. 일대일 시합하는데 예리가 계속 하자고 졸라서 아주

토하는 줄 알았어요. 아, 양반은 못 되네."

혜경이 문을 열고 들어오는 예리에게 손 인사를 했다.

"안녕하세요!"

"야, 예리 너 얼굴 좋다."

"쌤 덕분이죠. 언니도 벌써 오셨네요."

"방금 왔어요. 지난주에 쌤이랑 시합하셨다면서요?"

"네, 완전 깨졌어요. 제가 계속 한 번만 더, 한 번만 더 하자고 졸라서 네 판을 했는데 한 번을 못 이겼어요."

"한 번 더 했으면 아마 네가 이겼을걸? 마지막 시합 끝나고 다리 힘이 다 풀리더라."

혜경이 풀썩 다리 힘이 풀리는 시늉을 했고, 그 모습을 본 진희와 예리가 웃었다.

"자, 오늘은 진희 씨도 왔으니까 내가 다시 둘을 열심히 굴릴 차례지. 준비됐죠?"

"아, 쌤."

"어디서 앙탈이야. 그렇게 잘 뛰면서. 러닝부터 타이트하게 가봅시다. 출발!"

혜경의 호각 소리가 울렸다. 진희는 코트 끝에서부터 끝까지 열심히 달렸다. 처음 왔을 때는 한 바퀴만 돌아도 죽을 맛이었는데, 이제는 숨이 차오르고 열이 오르는 느낌을 조금은 즐기게 되었다.

러닝을 마치고는 드리블과 슛 연습을 했다. 방향을 전환할 때마다 농구화 바닥이 코트와 마찰하며 뻑뻑 소리를 냈다. 코트 위에서는 일상에서 무뎌졌던 감각이 생생하게 살아났다. 공이 바닥을 때릴 때의 진동, 손끝으로 공을 챌 때 느껴지는 감촉, 공이 그물을 가를 때 나는 소리. 하나하나가 진희의 감각기관을 자극했다. 이 순간 명백하게 살아 있다는 증거가 온몸에서 느껴졌다.

예리는 능숙한 움직임으로 코트를 휘저었다. 빙판을 누비는 피겨스케이팅 선수처럼 힘껏 점프하고 휘릭 몸을 돌렸다. 슛을 던질 때는 혜경의 말을 떠올렸다. 내 자세, 내 리듬. 오직 그것에 집중했다. 슛이 림을 맞고 튕기면 고개를 숙이는 대신 냅다 달려들어 리바운드를 잡았다.

예리에게 이곳은 더 이상 도피처가 아니었다. 열다섯 살에 그랬던 것처럼, 발을 들여놓자마자 신이 나는 놀이터라고 생각하기로 했다. 현실과 분리된 동굴이 아니라 현실 한가운데 존재하는 놀이터라고. 지칠 때마다 와서 쉬어 갈 수 있는 곳. 지칠 때뿐만 아니라 언제든 와서 웃고 갈 수 있는 곳. 그렇게 생각하니 움직임도 이전보다 더 부드러워졌다. 스물여섯 예리는 11년 만에 다시 공놀이를 하고 있었다.

"자, 마무리할게요. 모이세요. 어유, 많이도 흘렸다."

수업을 마친 진희와 예리는 땀에 흠뻑 젖어 있었다.

"전달 사항이 하나 있어요. 다음 주부터는 회원 한 명이 더 들어오게 됐습니다. 자, 박수!"

"정말요?"

예리와 진희가 거의 동시에 환호성을 냈다.

"둘만 데리고 하는 거 재미없었는데 다행이지."

혜경의 표정이 익살스러웠다.

"세 명이면 다른 팀이랑 삼대삼으로 붙을 수도 있잖아요?"

"그렇지."

"셋이서 열심히 연습해서 시합도 나가고 그러면 재밌을 것 같아요."

예리는 시합 생각에 벌써 불이 붙은 느낌이었다.

"난 오대오만 있는 줄 알았는데, 삼대삼도 있구나."

진희가 옆에서 고개를 끄덕였다.

"네, 요즘에는 삼대삼 대회도 꽤 많아요."

"그래요? 재밌겠다. 세 명이 되니까 할 수 있는 게 달라지네요."

"엄마."

태율이 진희의 바지를 잡아당겼다.

"응? 왜?"

"네 명인데."

태율이 작은 손가락을 펴 보였다. 네 개를 편 건지 세 개를 편 건지 어정쩡한 모양새였다.

"어머, 그러네. 우리 태율이도 있네. 네 명이네!"

진희가 태율의 엉덩이를 두드렸다. 예리도 태율의 눈높이를 맞추었다.

"태율아, 미안해. 누나가 태율이 까먹었네? 우리 네 명이지, 그치?"

"응, 네 명."

이제 태율은 확실히 손가락 네 개를 펴고 있었다.

"자, 그럼 우리 다 같이 파이팅 하자. 태율이 여기 손 모아봐."

진희가 손등이 보이게 손을 뻗었다. 태율은 아직도 손

가락 네 개를 펼친 채 멀뚱멀뚱 바라만 보고 있었다.

"태율아, 이렇게 하면 돼."

혜경이 진희의 손 위로 손을 포갰다. 곧이어 예리도 손을 포갰다. 그제야 태율이 손가락을 쫙 펼쳐 맨 위에 손을 포갰다.

"하나, 둘, 셋 하면 위로 파이팅 하는 거야, 알겠지?"

"응!"

"하나, 둘, 셋!"

"파이팅!"

세 사람은 태율의 팔길이를 고려해 가볍게 손을 들었다. 태율이 재밌었는지 또 하자고 손을 뻗었다. 네 번의 파이팅을 더 하고서야 태율을 만족시킬 수 있었다.

19

 진희는 예정대로 두 달 후 마트를 나왔다. 다행히 마트 반장 언니가 추천해준 대학병원 급식 배선팀 자리에 면접을 볼 수 있었다. 1년 계약직이었지만 마트보다 급여가 조금 더 높았다. 반장 언니는 내년에 정년 퇴임자들이 많다고, 열심히 하면 정규직으로도 충분히 전환될 수 있을 거라는 귀띔을 해주었다. 진희는 그 말을 반만 믿기로 했다. 영원할 것 같은 약속도 결국 종이 한 장으로 깨지고 마는데, 작은 가능성 하나하나에 연연할 필요가 없다는 걸 알게 되었기 때문이다.

면접을 통과하고는 제일 먼저 아빠에게 전화했다. 아빠는 당장 파티를 해야겠다고 일정을 잡았다. 이번에도 식사가 끝나자마자 계산을 선수 쳤다. 진희는 이대로 넘어가지 않겠다고, 첫 월급을 받으면 꼭 자기가 한턱 내겠다고 또 다른 일정을 잡았다. 그때는 꼭 선결제 태블릿 PC를 쓰는 식당에 가서 아빠가 카드를 꺼낼 틈도 없게 만들 것이다.

예리와는 일주일에 한 번씩 구민 체육 센터에서 만났다. 예리는 학원을 다니면서 야간 아르바이트를 시작했는데, 생각보다 여유가 있어서 주 이틀 근무하는 아르바이트를 하나 더 추가할 생각이라고 했다.

"피곤하지 않겠어요?"

"몸이 피곤하긴 한데, 힘든지는 모르겠어요."

진희는 역시 이십 대는 다르다고 엄지를 치켜세웠다.

새로 등록한 회원의 이름은 '영선'이었다. 진희보다 여섯 살이 많았다. 처음 몇 주 동안은 진희가 그랬던 것처럼 숨을 헐떡였지만, 숨이 트이고 나니 실력이 쑥쑥 늘었다. 예리는 조만간 삼대삼으로 시합해볼 수 있겠다며 한껏 들떴다.

얼마 전부터는 재성과의 만남도 다시 시작했다. 마음 같아서는 평생 못 보게 하고 싶었지만, 선택권은 태율에게 주는 것이 맞겠다는 결론을 내렸다. 태율이 좀 더 자라서 판단할 수 있는 나이가 되면 스스로 결정할 것이다.

이제 진희가 이혼한 지도 벌써 1년 반이 되었다. 24개월이었던 태율은 18개월만큼 더 자라 42개월이 되었다. 그때와 지금의 사진을 비교하면 놀라울 만큼 많이 컸다는 걸 느낄 수 있었다. 조금만 천천히 커주면 좋을 텐데, 태율은 멈출 기미가 없는 기관차 같았다.

그 사이에 아빠도 1년 반만큼 더 늙어 육십 대 후반이 되었다. 오십 대까지만 해도 별 느낌이 없었는데 육십이 넘어가고부터는 아빠가 매년 늙어간다는 것이 확실히 눈에 보였다.

"아빠, 꺾였으면 후반 맞지."

"초반이고 후반이고 뭘 따지니. 육십 대가 그냥 육십 대지."

아빠는 육십 대 후반이라는 단어가 나올 때마다 늘 그런 반응을 보였다.

진희는 자신의 나이를 가늠해보았다. 서른둘이 지난

후부터는 숫자가 곧장 떠오르지 않았다. 밖에서 사람을 만날 때도 나이 대신 출생 연도를 댔다.

'태율이 자라고 아빠가 늙는 동안 나는 자란 걸까, 늙은 걸까.'

거울을 보면 겉은 확실히 늙었다. 지난 1년 반은 보통 1년 반이 아니었고, 그 시간을 지나며 몸은 온갖 고난을 겪었다. 늙지 않는 것이 이상할 따름이었다.

그래도 그사이 농구 실력이 늘었다. 42개월까지 아이가 어떻게 크는지 말할 수 있는 육아 지식이 생겼고, 아빠와 친해지는 법을 다시 배웠다. 그렇게 보면 자란 것이기도 했다.

문득 어떻게 둘을 나눌 수 있을까 하는 생각이 들었다. 태율도 자란 만큼 늙은 거고, 아빠도 늙는 사이 자랐을 것이다. 진희도 그들처럼 자라면서 또 늙었다.

진희가 농구 수업에 갈 준비를 모두 마치고 태율을 불렀다.

"태율아."

태율이 와다다 달려왔다.

"공은 태율이가 들고 갈까?"

"응."

얼마 전에 태율의 나이에 맞는 공을 새로 사주었다. 성인용 농구공도 곧잘 가지고 놀았지만, 지금 나이에 맞는 공을 주고 싶었다. 제 손에 맞는 공을 들고 마음껏 뛰어놀기를. 아무런 걱정 없이, 자신이 어렸을 적 아빠 덕분에 온 세상 바닥을 누비고 다닐 수 있었던 것처럼.

진희는 태율이 등에 진 농구공 가방이 귀여워 자꾸만 웃음이 났다.

작가의 말

 2022년부터 농구에 푹 빠졌습니다. NBA 골든스테이트 워리어스의 감동적인 우승 덕분이었죠. 스테픈 커리가 울 때 저도 눈시울을 붉혔어요. 그에게 닿을 리는 없겠지만 그래도 이 지면을 빌려 감사 인사를 전해봅니다. 농구를 알려줘서 고마워요, 스테픈!

 그 뒤로 쭉 농구와 관련된 소설을 쓰고 싶다는 생각을 했어요. 농구도 좋아하고 글 쓰는 것도 좋아하니까 그 둘을 동시에 녹이면 완벽하겠다 싶었거든요. 처음에는 완전 '농구농구한' 내용을 쓰려고 했어요. 치열한 시합 장면, 패배의 좌절, 승리의 기쁨, 진한 동료애 같은 것들이 잔뜩 묻어나오는 스포츠물처럼요.

실제로 출판사에 처음 넘긴 원고도 그러한 내용이었습니다. 하지만 보시다시피 최종 결과물은 그것과는 많이 다른 방향으로 나오게 되었죠. 소설 내내 진희와 예리가 농구를 하는 장면은 그렇게 많이 나오지 않아요. 물론 중요한 순간에 결정적인 역할을 하기도 하지만, 이 소설을 스포츠 장르 혹은 농구 소설이라고 하기에는 그 비중이 너무 작습니다.

그럼에도 저는 지금의 이야기가 훨씬 마음에 들어요. 농구의 분량을 낮춤으로써 오히려 더 깊은 이야기를 할 수 있었달까요. 원고를 수정하면서 등장인물 수를 확 줄이고, 진희와 예리의 내면에 더 집중했어요. 삶이라는 거친 코트에서 분주하게 뛰고 있는 두 사람의 모습을 열심히 쫓았죠. 그 과정을 통해 농구에 관심이 없는 분들도 함께 즐길 수 있는 이야기가 되었다고 생각합니다. 좋은 방향을 제안해주신 전강산 팀장님께 감사드려요.

가끔은 작가의 역할이라는 게 참 이상하다고 느낄 때도 있습니다. 어떤 캐릭터를 만들어서 고난을 부여하는 것도 작가고, 그 고난을 극복하도록 돕는 것도 작가잖아요. 애초에 내가 꽃길을 깔아줬다면 캐릭터는 작은 아픔조차 느끼지 않았을 텐데 말이죠. 그럼에도 이 이상한 작업을 반복하는 건, 세상 어딘가에서 내가 만든 캐릭터와 같은 고통을 겪고 있을 사람들이 행복해졌으면 하는 마음 때문입니다. 때로는 그 대상이 제 자신이기도 하고요.

그래서 제가 쓰는 소설은 나름대로 모두 해피 엔딩입니다. 진희와 예리에게 앞으로 또 새로운 고난이 찾아올지도 모르지만, 최후에는 꼭 극복해내고 말 것입니다. 진희의 아빠도, 혜경도 마찬가지입니다. 태율이는 NBA에서 활약하는 스타 선수가 될지도요. 그러면서 자라고 또 늙어갈 거예요.

소중한 시간 내서 끝까지 책을 읽어주신 독자 여러분께 진심으로 감사합니다. 당장은 아니더라도 언젠가는 반드시 행복 속에 살아가시길 바랄게요. 끝으로 작업 과정에서 인터뷰를 통해 많은 도움을 주신 농구인 미래 님,

영은 님, 지예 님, 현솔 님, 현희 님께도 감사 인사를 전합니다.

권혁일 드림

바닥을 때리고

초판 1쇄 발행 2025년 11월 14일

지은이 권혁일
펴낸이 이수철
주 간 하지순
편 집 최웅기
기 획 전강산
디자인 박예진
영업관리 최후신
콘텐츠개발 전강산, 최진영, 하영주
영상콘텐츠기획 김남규
제 작 서동관
관 리 진호, 황정빈, 전수연

펴낸곳 (주)픽셀앤플로우
출판등록 제2025-000171호
주소 (10449) 경기도 고양시 일산동구 호수로 358-39 동문타워1차 703호
전화 02) 790-6630 **팩스** 02) 718-5752
전자우편 namubench9@naver.com
인스타그램 @namu_bench

ⓒ 권혁일, 2025

ISBN 979-11-993934-4-8 03810

- 나무옆의자는 (주)픽셀앤플로우의 문학 브랜드입니다.
- 이 책의 전부 또는 일부 내용을 재사용하려면
  사전에 저작권자와 출판사 양측의 동의를 받아야 합니다.
- 잘못 만들어진 책은 구입하신 곳에서 바꾸어드립니다.